王志弘 譯

伊塔羅・卡爾維諾

Italo
Calvino

看不見的城市

Le città invisibili

城市、文學與歷史
——閱讀《看不見的城市》

王志弘

一

在義大利小說家伊塔羅・卡爾維諾的作品中，「城市」一直是個重要的主題，其中又以《看不見的城市》最為富麗璀璨，一個個城市的故事貫串成為令人愛不釋手的珠鍊，娓娓道來城市人生的迷魅。本文的評論不以文學批評為主旨，而要將這本小說放在都市研究的脈絡裡來談，連結上都市史的書寫。但是，一本在書架上歸類為文學作品的小說（fiction），以其虛構（fiction），和學院裡的都市研究有什麼關聯，甚至對都市史有所啟發呢？這是個根本的問題，也正是本文評論的線索。城市與歷史虛實真假的判準在哪裡？都市史寫作的價值與效用何在？怎麼樣才能穿透虛幻與現實的曖昧界線？被評為「魔幻寫實派」的卡爾維諾，在他的城市「文學」裡，會有不尋常的看法嗎？

二

這部「小說」的正文，可以輕易地區分為兩個部分，以不同的字體做形式上的標明。第一個部分是每一章各有標題的短文，第二個部分，則是每章前後馬可波羅與忽必烈汗的對話情景。

如果說這本書有一個明顯的「情節」，那就是馬可波羅向忽必烈汗報告他曾經出使遊歷的各個城市的奇聞，以及他們兩個人之間的互動。不過，仔細閱讀這些城市的故事，可以發覺敘述的內容，偶爾會超出了我們所熟知的馬可波羅遊記的時空背景，例如摩天大樓、機場，以及一些後來才會出現的城市名稱（如洛杉磯）。因此，我們可以輕易地構想另一種情節，就是卡爾維諾自己透過兩個「戲偶」，將古往今來的城市故事搬演給讀者觀眾（「作者」現身說法，以凸顯小說之為虛構，正是後現代小說所指認的特徵之一；或者，這可以布萊希特〔Bertolt Brecht〕「史詩劇場」的「疏離效果」來比擬？）。或者，我們可以解脫對馬可波羅遊歷的時空背景預設，逕自認定書中的馬可波羅和忽必烈，有特殊的時空穿梭本領，《看不見的城市》因此不過是一部剛好有馬可波羅和忽必烈兩個角色的小說。

《看不見的城市》引用一個混雜了史實（忽必烈）和小說（《馬可波羅遊記》）的典故，其實正好點明了卡爾維諾跨越虛實分界，允許讀者多重解讀、多所思辨的「用意」（作者的用意何在，一直都是個留給觀眾玩味的題目）。

扣除了各章前後馬可波羅和忽必烈的對話，本書總計有五十五個城市故事，歸屬於十一個主題，意即每個主題有五篇故事。（這些故事的出現順序，依其標示法和出現章序，有一種結構性的關係，除了第一章和第九章各有十個故事外，各章有五個不同主題的故事，並依序每章出現一個新的主題，依標題排起來，正好是五四三二一的順序。這種有秩序的安排似乎是卡爾維諾的偏好，或許反映了結構主義與符號學的形式趣味，但是本文不擬繼續深究。）

以下依序概述這十一個主題所含括的意涵：

「城市與記憶」

第一個主題述說城市的記憶，張開了空間、時間與事件所交織的記憶之網。不同的故事言及記憶的不同面向與內容：影像的記憶、氛圍的記憶、心情的記憶、感覺的記憶。複雜的記憶牽繞人心，與現實糾纏。不過，如果為了方便記憶（這裡出現了博聞強記的理性企圖），而強使城市不動，則城市枯萎，沉陷記憶之中，則人生枯萎。而且，經過時間的改造，城市的血脈終致斷裂，記憶中的老城市，真的只存在於記憶和影像之中，只是想像所串連起來的連續性，依然發揮了解釋、評價與影響現實的作用。

「城市與欲望」

有創建一座城市的欲望，有一座城市所創建的各種欲望，欲望是對應著缺憾與幻想中的滿足而昇起。但是，欲望的形式與形成不全然是主觀的臆想，做為人類之活動沉積的城市，正以其固化的形式賦予欲望形式，或者說是將欲望投射在空間化的形式之中，並同時以其空間布局，捕捉飄忽的欲望。可是，為了攏括所有新起的欲望，城市也不得不隨欲賦形，與時俱變。

「城市與符號」

這一組故事描述城市所披的抽象符號外衣，闡釋名與實、符徵與符旨、語言與事物之間的分離和不一致，進一步點出城市的表面與內裡、燦爛與灰暗的兩分。更重要的是關於城市的論述、描述城市的那些字眼，經常取得了自存的生命，而取代了地面上的城市。弔詭的是，如果我們沒有了字詞，甚至無法想像和記憶城市，符號的外衣原來不是可以穿脫的定製衣飾，而是隨著城市一起成長變化的表皮，緊緊黏著城市的筋肉。

「輕盈的城市」

這些故事說的是城市組構的「原型」：千井之城地底湖的構造、欲望與城市形式配搭而造起的城市、只由水流的管線構成的水神之城、工作和玩樂兩個半邊拼合而成的城市、吊掛在山谷上的繩索之城。這些故事以不同的切面，講述構成一座城市的骨架、結構或原理。這些或許不為居民所識的原理，並不因此減損其左右城市命運的能力，並且經常在據之而構築起來的傳說、神話和宗教上，顯露其若隱若現的身影。

「貿易的城市」

在貿易的城市裡，交換的不僅僅是金錢與貨物，同時進行的還有記憶、欲望與眼光的交換，身分、角色與生活的交換，乃至於整座城市的交換。在交換的時刻裡，交換的各方也建立了關係，而這些關係經常是固定模式的重複，交換常常只是元素的互換，而非結構的轉換。不過，在交換的過程裡，在關係的網絡裡，移動通行的路徑是如此繁複多樣，即使關係的結構不變，往來互動的方式卻無窮盡。

「城市與眼睛」

這一組故事說的是觀看，是觀看所預設的一段距離與位置，是觀者與被觀者的對應。一座城市的形貌隨著觀看的心情、立場、角度與生活方式而定。每一雙眼睛裡映照著一座城市，千百萬雙眼睛裡映照出來的城市所構成的混合體，是否正好是地面上的那一座城市呢？

「城市與名字」

城市的名字將關於城市的論述和字詞都凝縮起來，成為一句咒語。城市的名字與實質，城市的論述與現實，論述與記憶之間，總是有差距，但正是有這些差距所展開的空間與時間，人與城市才得以存活，而不致窒息。城市的名字歸予城市的所在地，還是歸予造就城市的活動和人？或者根本就是歸予名字所喚起的記憶和景象。城市名字的更替與維繫不僅是歲月與地理的轉移，同一個名字底下，有著城市的錯亂系譜，以及古老城市之名的榮光所促動的建構系譜的欲望。

「城市與死亡」

死亡不僅是時間的斷續，也是空間的隔離。這一組故事講述城市裡人的世代承遞，以及結構的長期變化。死去的不是已經消失而不再存在，死亡是一個現存的範疇與領域，散布在城市、言語和實際的日常生活之中，因此，「過去的」對於活著的，進行中的事物，仍有其模塑的力量。如果誕生使得存在有希望，那麼死亡使得存在更為真實。

「城市與天空」

這一組城市與天象的故事，視天空為城市（人世）的理想、欲望與真理之所在，天體的運行法則，經常被視為城市組構的原則。天空也代表一個全盤的視野，由此可以偵知和觀測我們置身城市的織理之中，所看不到、察覺不到的事物或道理。但是，天象與天體不正是人類世界的投影嗎？那麼到底哪個是原理或根本的所在呢？

「連綿的城市」

都市的蔓延與自然世界的被侵吞，是卡爾維諾在這組故事裡為之歎息的現象。現代城市的廣袤，是城市向外擴張的結果，而且城市是一個消費與製造垃圾的核心，將殘餘堆擠到邊緣；而都市景象的重複，使得不同都市的名字失去了實質的差異。最終，都市成了沒有外在，沒有自然，沒有一個可供逃離、脫身和反省觀照的對立面的龐然怪物。

「隱匿的城市」

潛隱的、看不見的城市，不是目光之所不能及，而是心神不在之處，是被忽視的地方。隱匿的城市是想像、欲望、記憶、死亡、記號的包被之處，看不見的絲線穿透綁縛了意想不到的人事物的組合。這些隱匿的東西也許一直存在，但看來像是只在一瞬之間，或許只有在日常生活剎那的裂縫裡，才能見到與察覺。只有以不同的眼光，懷抱好奇，於不疑處有疑，才可以照亮這些角落。

三

其實，十一個主題或隱或顯穿插出現在每一個城市故事之中，而不拘限於標題。藉由忽必烈和馬可波羅的對談（聽故事者與說故事者的關係），卡爾維諾傳達了另外幾個重要的訊息，都是有關敘事與論述的建構，以及真實和虛構之難分：

(1)習得忽必烈的語言之前，馬可波羅以物品的搬弄，配合了手勢來表達，雖然在意義上不像語言那樣精確，卻因此有多重解讀的可能，聽者與讀者可以自在地想像，也可以索性略去不理，有參與其中一起操演的空間，不必像聽熟悉的語言一樣，必須逐句逐字依循規範，而被綁縛在僵硬細密的正文之中。據此，《看不見的城市》就是一則則的寓言，是有言外之意，而讀者必須自行思索的寓言。

(2)論述沒有窮盡之時，總是有可以繼續說的東西，這不是因為無法造就一種論述的原則或規律，來掌握一切可能被提及、被描述，因而可能存在的事物（以論述來捕捉現實，已是好幾代人的意圖），而是因為論述背後總是有浮動漂移的欲望，使論述一直編織下去，甚且論述談論的就是論述本身，而真實則只做為論述（欲望）的對象而存在，不再有一個論述之外獨立獨存的真實可以辨視出來。

(3)但是，在論述停歇之處，我們也總是摸得到、看得著的城市，是否就是真實之所在了呢？真實是在石塊灰泥之中，是在人的活動往來之中，還是在心情與感覺之中，是在於飢餓和死亡？當我們反思之際，論述又潛身而入了（因為思想總是透過論述進行）。但是無論真實是什麼，以及真實是否能被探知，若無一設定的「真實」做為基礎，論述也無從著根生長，因為論述總是有一個對象（即使那個對象是論述自身，此時，論述即真實本身）。

(4)無論如何，論述要不抽象乾枯，便要經常有欲望、記憶、驚奇、幻想、感覺、身體的活水灌注。

四

（一）論述中的城市與城市中的論述：再現與現實

《看不見的城市》是關於城市的論述，也是閱讀了城市之後的記錄，因為誠如羅蘭．巴特（1986:92）所述：「城市是個論述……我們僅僅藉由住在城市裡，在其中漫步、觀覽，就是在談論自己的城市，談論我們處身的城市。」據此，城市本身是有意義而可讀的正文，而且城市正文的寫作者，正是生活其中的人，透過人的實踐（居住、漫步，及其他種種活動），不斷書寫城市。當然，城市不像語言一樣有一定的字彙和語法，但也有其慣用語和發言立場。當然，視城市為論述的同時，已經引發了論述的材料，以及發言者和接收者是誰的問題，這也連帶了「城市是什麼？這個字所指為何？」的問題和「再現（representation）與被再現之現實的區分」的問題。

論述的材料不僅是語言，也是任何能形成有意義之連繫的事物，亦即具有表意作用（signification）的事物；論述的發言者不僅是人，也是具有發散、溝通意義能力的事物與活動；論述的接收者不僅是有理解意義能力的人，也是受論述所影響的事物和活動。其實，在這麼界定的時候，以語言或象徵體系為再現，以物質為被再現之現實的傳統觀點，已經動搖了，因為此時語言本身可以是再現的對象，而物質與實踐也可以是再現之憑藉。

這裡所蘊藏的再現／真實，已經是一個多重視點／多面體（多重現實）的講法。由於論述之憑藉是多樣的（不僅僅是話語），發言者、接受者也不定於一尊，再現就是多重視點的再現，而做為論述之對象方能被我們知覺到的現實，遂成為一多重現實（是否有一個真實不虛的現實在論述之外存在，在此是一個置入括弧的問題）。詳言之，現實是多重的，論述也是多重的：以論述來談論城市，但城市本身也是論述；可以話語、以石頭灰泥、以身體姿勢、以行動來發言，也可以話語、石頭灰泥、身體姿態、行動做為論述的對象。據此，城市也是多重的了，因為城市便存在於關於城市的多重論述（discourses of cites）和做為論述之多重現實的城市（cities as discourses）之間。

《看不見的城市》作為一部文學作品，已經暗藏了現實的多重性與論述的多重性。卡爾維諾在〈文學裡現實的諸層次〉（1978）一文中，提及文學作品有許多層次的現實，而文學正是立基於這種多層次的區別之上，如他所舉的例子：「我寫道荷馬說尤利西斯說：我曾經聽過女妖的歌唱。」我、荷馬、尤利西斯、女妖這幾個主體，都位居文學敘事的不同層面，所牽連的是不同層次的現實（真實與虛假的問題在此就不是根本的了，因為真假成了在不同層次隨論述之運作〔別忘了，這是一種權力關係的牽扯〕而變動的性質，是鬥爭的標的，而非先驗的存在）。

這裡關於論述、再現與現實的講法，會讓人聯想到尚．布希亞（Jean Baudrillard, 1983）的擬像（simulation）與過度真實（hyper-reality）的提法：到了擬像的年代，已經沒有再現與被再現的對象之間是否符應的問題，因為擬像取代了現實，擬像之外沒有現實，只有比真實還真的「過度真實」。但是多重論述和多重現實交纏的提法，卻不取消現實的存在，而是指出現實及其論述的不可割離，以及論述與現實的多源多樣。而且雖然現實的各個層次區別，是（透過論述）建構出來的，但是這些建構並非純屬心靈產物，而有其物質性的經驗和實踐為基礎，也就是說，論述有其物質性（亦即，透過多重多樣論述的區劃分類與再現中介而得以被感知、理解和「觸摸」的多重多樣的現實，正是這些論述所以會存在的基礎。以論述本身為論述對象的論述，只是說明了論述與現實、再現與被再現者之間的模糊界線。這種界線在哪裡，其實也是論述鬥爭的目標之一。）

（二）都市經驗與記憶：複雜多樣與世界縮影

《看不見的城市》以城市做為鋪陳作者對人類狀況的觀察與意見的場景，這並非偶然，因為城市正是人類世界之縮影，是「複雜多樣」的體現之處。

羅蘭．巴特在《艾菲爾鐵塔》（1979）一文中，寫道：「鐵塔最終同一切重要的人類場所具有的基本功能——自給自足——重新連結起來；鐵塔可以獨立自存：你可以在那兒夢想、吃喝、觀賞、理解、驚嘆、購物；正像在一艘郵輪（這是令孩童夢想的另一個神奇對象）上一樣，可以感覺自己與世隔絕，但仍然是世界的主人。」（p.17）。城市其實正是最為整全的鐵塔和郵輪，它包容了驚奇和差異，是奇想的實現之地，是一個自足的世界。此外，巴特也提到：「城市是我們和他人相遇的地方……城市中心被認為是社會活動交換的地方，而且……這是一種情欲的活動。城市中心總是被認為是顛覆性力量、決裂的力量，以及遊戲的力量作用與會遇的空間。」（1986:96）。城市中心正是城市的複雜多樣最為明顯而誘人的所在。

人類為了求生存，總是要對周遭環境的利害之處有所了解，因此，對於身處環境之全貌的探知，一直是人類潛在的欲望。一方面城市以其複雜多樣，激發了更強烈的探求全貌的欲求，另一方面，城市也正以其無所不包，而成為構想整個人類世界的模型，成為全貌之縮影。在艾菲爾鐵塔上遠眺的快感，正是對於複雜多樣的城市織理，有了全盤掌握的快感，有了掌握城市所體現的世界的快感，是一種知悉和擄獲全局的滿足感。

都市的經驗與記憶，在每個時代一向是以其多樣性為根源。但是在工業化進行之際，都市的急遽擴張，為這種複雜多樣帶來了新的尺度，新的強度和節奏。快速繁複的變化，使得感官所接受到的景象和訊息，成為片斷化、流轉不居的拼貼。此時，全局全貌就顯得更難猜想掌握了。

所以，都市經驗一方面是身陷一種結構性的總體的感受，一方面又是支離破碎，難以分類的紛雜，《看不見的城市》在其故事裡，同時展現了這兩個層面（例如城市與天空系列隱含結構性的整體，城市與符號系列則指涉城市之紛雜多面）。

（三）城市史的建構與解構：文學、歷史與政治

回到本文前言所提的問題，一本「文學」著作對都市史的研究有何意義？文學與歷史研究有何關係？都市史研究的價值與效用何在？這些問題牽涉的乃是文學、歷史（或一般人文社會科學）與政治之間的關連。

卡爾維諾在〈哲學與文學〉（1986:39-40）一文中提到：

哲學和文學是互鬥的對手。哲學家的眼睛穿透世界的幽昧昏暗，剔除它的血肉，將紛雜多樣的存在事物，簡化為一般性觀念之間蛛網一般的關係，並且制定了法則，棋盤上一定數目的卒子，便根據這個法則移動，而窮盡可能是無窮的組合方式。作家走過來，用國王和王后、騎士和城堡代替了抽象的棋子，它們各有稱號、特殊形狀，以及一系列皇家的、似馬的，或教士的屬性；作家不要棋盤，他們鋪展了一大片塵土漫散的戰場，或是狂風暴雨的大海。所以，遊戲規則至此已經被顛轉了，揭顯了一個和哲學家截然不同的事物之秩

序。或者，這時候發現這些新遊戲規則的人又是哲學家，他們匆匆跑回來，證明作家的所作所為，可以被簡化為哲學家自己的各種操作之一的項目，而個別的城堡和主教，只不過是一般性的觀念披上了外衣。因此，爭辯持續進行，兩方都相信在征服真理（至少是一個真理）的路途上，又向前邁了一步，但同時也十分清楚他們用以建構的材料，跟對方一樣，都是字詞。但是字詞有如水晶，具有許多不同性質的切面和旋轉軸，隨著這些字詞水晶擺放的位置，以及這些偏光的表面如何切割和層疊錯落，光線就有了不同的折射。哲學和文學之間的衝突，不需要解決。相反地，我們只有認為這種衝突是恆久的且時時更新，它才能保證字詞的硬化症不會像一層冰一樣封住我們。在這個爭戰中，兩位競逐者不能將目光從對方的身上移開，但是也不能逼近而置身同一個角落。

哲學（乃至於一般社會人文科學）與文學都是從事論述的編纂，只是它們自認是在不同的層面掌握真實，並且因此在不同的戰線從事論述的戰鬥。戰場上，真與假的問題就沒有標準答案了（真假已經成為操弄的標的），重要的是能夠獲得勝利（當然，戰鬥有其目標，而非盲目爭鬥）。因此，文學和「學術研究」兩者，至少在扣連上政治（權力關係的拉扯）時，哪一個最接近真理的問題可以先擱下，而要考量彼此如何在論述戰鬥上相互支援。據此，都市史（不論是文學中的都市還是歷史研究中的都市）的效用與價值，除了「鑑往知來」之外，主要就是扣連在政治行動上了（若從知識、權力與論述的糾結來看，寫作初始就脫離不了政治）。

卡爾維諾在〈文學的政治正用與誤用〉（1976）一文中，提到文學的政治用途的兩種誤用：(1)文學的作用在於說出已經由政治所擁有的真理，(2)文學是永恆的人類情感之所歸，是政治經常會忽視的人類語言之真理所在。以及三種正確用法：(1)替沒有聲音的說話，賦予沒有名字的一個名字，特別是那些被政治語言所排除或試圖排除的，(2)安置一種語言、視野、想像、心靈努力、事實之關聯的模式，創造一個對於一切行動計劃——尤其是政治行動——都很重要的既屬美學又是倫理學的價值模型，(3)認識到文學是一種建構，其中所包含的訊息，作者本身也不全知道，文學除了作者的部分之外，總是有一個集體與匿名的部分，因而推知政治也必須如此自我認識與自我質疑。

文學與政治的關係如是，「學術研究」與政治的關係也離此不遠。都市史（文學與歷史研究）做為論述之戰鬥，做為政治行動之一環，正是要站在某些特殊立場發言、賦予名稱，以及從事解釋，要建構一個可以展開行動的歷史計劃，卻又清楚理解到這個計劃乃是建構，而非永恆之真理，神聖而不可侵犯，這是都市史寫作的效用與價值所在，也是文學與學術研究的共通精神。《看不見的城市》正是卡爾維諾針對一個古老的論題：城市是什麼？以及後面一個更廣泛的問題：人的社會是什麼？而編纂的參與論述戰鬥的利器。

五

選擇馬可波羅的故事做為講述城市的布景，有什麼意蘊呢？除了義大利威尼斯這個永恆的隱喻之城外，馬可波羅這個角色做為一個溝通東西方的旅行家，做為一個說故事者，他是一個漂移的論述編造者：他不僅僅是在時空旅行，也在他的心靈中旅行，漂移的位置，正對應了漂移多變的論述。

但是，觀覽《看不見的城市》，令我們感動的不是馬可波羅的博聞或奇異經歷，而是他在拜訪和講述不同的城市時，一慣不變的仔細用心和人文關懷。人道主義或許會讓我們無法冷酷地分析社會的現實，找出戰鬥的最佳位置，而沉陷在浪漫的幻想或情緒之中，但是這種幻想和感情，卻是支持我們不畏挫敗、繼續前行的動力。

參考文獻

Barthes, Roland

1979 "The Eiffel Tower" in *The Eiffel Tower and Other Mythologies*. trans. by Richard Howard. New York: The Noonday press, pp.3-17.

1986 "Semiology and the Urban", in M. Cottdiener & Alexandros Ph. Lagopoulos (eds.) *The City and the Sign: An Introduction to Urban Semiotics*. New York: Columbia University Press. pp.87-98.

Baudrillard, Jean

1983 *Simulations*. trans. by Paul Foss etc. New York: Semiotext (e).

Calvino, Italo

1967 "Philosophy and Literature", *Times Literary Supplement*, September 28, 1967. Also in *The Uses of Literature*. pp.39-49.

1976 "Right and Wrong Political Uses of Literature", Paper read at a symposium on European politics arranged by the European Studies Program at Amherst College, February 25,1976. Also in *The Uses of Literature*. pp.89-100.

1978 "Levels of Reality in Literature", Paper read at an international conference on "Levels of Reality," Florence, September 1978. Also in *The Uses of Literature*. pp.101-121.

1986 *The Uses of Literature*. trans, by Patrick Creagh. San Diego: Harcourt Brace Jovanovich.

寓言魔法師鑄造後現代乾坤
——翱翔卡爾維諾的綺麗世界

南方朔

一九八五年，當卡爾維諾逝世時，他仍在寫最後那本《在美洲虎太陽之下》，他要把五種主要的感覺藉小說而呈現。讓人遺憾的是，他只寫完吃、聽、嗅三覺，留下了無人可以彌補的缺欠。而這時他只不過六十二歲。

單單以卡爾維諾寫吃作為例子，就可以看出他的想像是如何的奇幻有致。一對夫婦到墨西哥旅行，由異國的食物和佐料，早期的以活人獻祭的儀式，而推論出愛慾的本質即是相互的啃嚙撕裂與吞噬。吃或被吃竟然可以寫到如此的深入程度。

而這就是卡爾維諾——當代最奇特，想像力無法揣度，而又不斷替小說尋找新邊疆的卡爾維諾。在他的小說世界裡，電子、原子、分子等無機物可以談戀愛，青蛙恐龍的人格化被賦予歷史哲學的奧義。故事裡的人可以被切成兩半，各自衍展出不同的情節，甚至紙牌也可變身成了主角，人的感覺可以藉著角色的設定而被擬人化……。卡爾維諾的想像世界從來不曾在任何一處作長久的停留。他的父親是長期在加勒比海地區服務的農藝學家，他誕生於父母即將束裝返回義大利的那個驛馬星動的時刻。卡爾維諾後來自剖道：「或許這個未出生的經驗影響了我的一生，我一直追求外國式的神奇。」不止他的小說世界裡，「主角」的可能性被極大化，在實體上，他的小說也無限的向每個領域伸展。他用小說講今古混同的寓言，用馬可瓦多這個虛構諧趣的小人物來探索現代都市的荒誕以及人對自然的追求，這是喜鬧諷刺的小說。除此之外，他還用小說來呈現宇宙的創生和物種的進化，用小說來闡釋符號語意學和歷史哲學。他的小說是各種不同寓言所組成的辭書，這些辭書編織成複雜變幻的意義網路。卡爾維諾也自剖的說過：「所有的小說都起源於傳奇和寓言，它們組成了影像，影像堆疊出意義的網路！」

因此，卡爾維諾用小說來講故事是一流的。他的作品總是予人意外的驚喜！「原來小說還可以這樣的寫！」而他無論以任何形式來呈現，他的作品總是如他自己所說的：「我們義大利的寓言故事總是在談愛與命運。」

而真正讓小說研究者驚訝的是，近代的小說家們總是嘗試著要從古典寫實主義的桎梏下獲得解放，「意識流」打破了時間的桎梏，寓言式的筆法打破了空間的限制，但「作品」與「作者」的相連不可分卻是終極難解離的孿生嬰，這是小說可能的最後枷鎖，而六〇年代末以後，與當代法國主要作家思想家合組「未來文學研究組」，每月在巴黎集會一次，為該「研究組」要角的卡爾維諾卻以他的超級想像力這樣的設想：「我可以寫一本被火燒掉一半的小說，『我』乃是『我的小說』的負擔，我一直在思考，當『我』不存在時，『我』將如何寫作。」他的這個想法，後來即蛻變成《如果在冬夜，一個旅人》。《如果在冬夜，一個旅人》早已成了「後現代小說」的新經典，它的意義，也被不斷解釋，而最真切的意義或許是「當我不存在時，我將如何寫作」這個最基本的命題，因為它是近代文學中「作者」將自己解消掉的首次嘗試。

閱讀卡爾維諾的作品是一種空前的愉悅。他的作品絕不艱澀，他也從未用大河式的滔滔文字來驚嚇讀者，相反的卻是，他的作品幾乎可以說都是寓言或傳奇，在簡短的空間裡承載高度想像的模稜內容。卡爾維諾自己說過：寫作是一種視野，拉得愈高，也就愈能看見真實。他自己也曾論說過純屬幻想的《格列佛遊記》絕不比巴爾札克的寫實小說更不真實。卡爾維諾的超級想像力是真實的。他畢生最推崇的小說是史蒂文生的《金銀島》，認為它好看，有想像力，令人快樂。由他喜歡《金銀島》這件事，其實已為它的想像力作了注腳！除了《金銀島》之外，他最推崇的詩人則是悲觀的義大利象徵主義詩人蒙塔萊（Eugenio Monroe）。想像超級發達，不斷為小說的各個面向探索新的邊疆，而自己則反覆在愛、命運、歷史等最基本的地方探尋它的蒼茫，這就構成了卡爾維諾的全部。

近代作家裡，寫實作家由於突出作為作者的「我」，多數是自我意識強烈的理性主義者——不論他們相信的是那種理性主義。而著重象徵感覺者，多少難免有些紈袴性格。而「後現代作家」則因祕思神話的一定排除，經常依違在犬儒嘲諷和洞明世事的睿智與豁達蒼茫之間，而毫無疑問的，卡爾維諾乃是後者——他曾是義大利共黨黨員，一九五六年匈牙利革命後退黨，但他說：「我仍是左派，只因我不願成為右派，這乃是我們這種老輩的忠誠。」「我不是改革者，因為有太多壞的改革，因而我不再相信它。」這種對現實政治社會事務的逐漸冷淡過程，遂有了他逐漸發展為以想像力為主體的創作生涯。根據他的想像發展過程，卡爾維諾的創作大體上可分四個階段：

第一階段為一九四七年的《蛛巢小徑》，它是自身二次大戰期間經驗的重述，屬於「新寫實主義」的黨派性作品。但卡爾維諾旋即放棄了這種創作方向。

第二階段為五〇年代，對黨派性活動趨向冷淡後的卡爾維諾倒回到義大利的寓言傳統之中，將寓言以奇幻怪誕的方式呈現。「我們的祖先」三部曲——《分成兩半的子爵》、《樹上的男爵》、《不存在的騎士》屬之。《分成兩半的子爵》所寓意的乃是冷戰結構下分裂的世界，《樹上的男爵》則有自我影射的含意——它等於卡爾維諾日益脫離政治黨派化活動的宣告。

第三階段乃是六〇年代，它以《宇宙連環圖》和《零時間》（*T zero*）為代表，這兩本小書裡Qfwfq乃是許多篇章的敘述者，它是電子，原子等無生物，也是軟體原生動物，兩棲動物等生物，整個宇宙的形成與進化被擬人化，而在擬人化的過程中又被賦予哲學討論的意義，情愛的滄桑，歷史的茫茫以及命運的變化等都被鑲嵌了進去，它們是卡爾維諾最具可看性的作品！任何人都不可能不瘋狂般的喜好，小說原來可以這樣寫的！原本即專攻科學的卡爾維諾，將他的物理學和微積分，生物學搬進了小說之中。

第四階段乃是六〇年代末期之後，他的思想接上了法國的結構與後結構主義，尤其是羅蘭．巴特。《如果在冬夜，一個旅人》，《看不見的城市》，《帕洛瑪先生》等作品皆屬之。它們有許多都可以用羅蘭．巴特的學說來加以詮釋。其中，最讓人喜愛，充滿了語意符號學奧義的乃是《看不見的城市》與《帕洛瑪先生》。《看不見的城市》說的是城市，而寓意的其實是人類文明的總體形相，《帕洛瑪先生》則是一種自省，關切的是人世、時間、空間等一切的終極。在這兩本小書裡，想像和智慧凝結成深刻的歷史洞識，至少對個人而言，不曾讀過那麼耐咀嚼的文學作品。多年前從《看不見的城市》裡首次接觸卡爾維諾，或許別人不會相信，那本書的英文版個人竟反覆看了三次！

卡爾維諾的作品是好看至極的寓言，想像力游移且豐富，什麼樣的腦袋才寫得出這樣的作品！他是公認的戰後義大利最傑出的小說作者。他的逝世，不但對義大利人，甚至對世界文壇都是一種震驚。他逝後，遺孀艾瑟（Esther Calvino）陸續將遺稿以及從前未曾結集的舊作陸續出版，九四年初新出的是五篇回憶文章組成的《到聖喬凡尼的路上》（*The Road to San Giovanni*），聖喬凡尼是年幼時他父親農場的所在地。一個書評者在評論此書時，劈頭一開始就說：包括卡爾維諾在內的數名作家近年來未享長壽即逝世，留給義大利文學的空檔還未恢復。一個才情傑出的作家之死，是不可能恢復與彌補的缺憾。在近代文學裡故事講得好的多矣，形式創新者多矣，然而能將事務的關係、世界、命運、文明等講到深刻的卻如此稀少，許多作者可以被忘記，而卡爾維諾則注定是會被愈來愈記得的少數人之一。

Contents

①

038 城市與記憶 之一
039 城市與記憶 之二
040 城市與欲望 之一
041 城市與記憶 之三
043 城市與欲望 之二
045 城市與符號 之一
047 城市與記憶 之四
049 城市與欲望 之三
051 城市與符號 之二
052 輕盈的城市 之一

②

061 城市與記憶 之五
063 城市與欲望 之四
065 城市與符號 之三
067 輕盈的城市 之二
069 貿易的城市 之一

③

076 城市與欲望 之五
078 城市與符號 之四
080 輕盈的城市 之三
082 貿易的城市 之二
084 城市與眼睛 之一

④

092 城市與符號 之五
094 輕盈的城市 之四
095 貿易的城市 之三
097 城市與眼睛 之二
098 城市與名字 之一

⑤

106 輕盈的城市之五
107 貿易的城市之四
108 城市與眼睛之三
109 城市與名字之二
111 城市與死亡之一

⑥

119 貿易的城市之五
121 城市與眼睛之四
123 城市與名字之三
125 城市與死亡之二
128 城市與天空之一

⑦

136 城市與眼睛之五
137 城市與名字之四
140 城市與死亡之三
142 城市與天空之二
144 連綿的城市之一

⑧

153 城市與名字之五
155 城市與死亡之四
156 城市與天空之三
158 連綿的城市之二
159 隱匿的城市之一

⑨

169 城市與死亡之五
173 城市與天空之四
175 連綿的城市之三
177 隱匿的城市之二
179 城市與天空之五
181 連綿的城市之四
184 隱匿的城市之三
187 連綿的城市之五
190 隱匿的城市之四
192 隱匿的城市之五

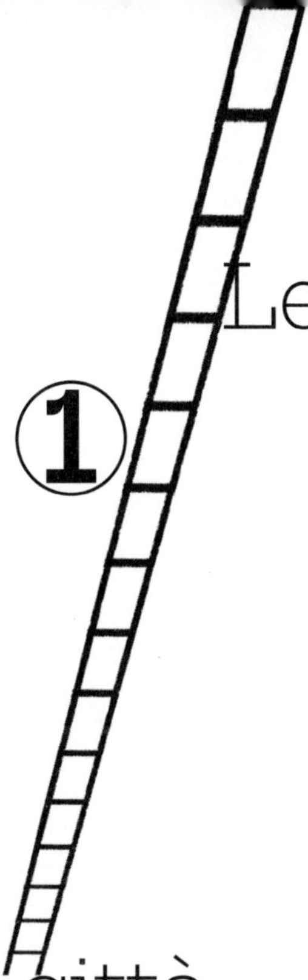

Le città invisibili

Italo
Calvino

①

當馬可波羅描述他在探險歷程裡造訪過的城市時，忽必烈汗不見得相信他說的每件事情，但是，這位韃靼皇帝確實一直全神貫注、滿懷好奇地聽著這個威尼斯青年的故事，比聽他派遣的信差或探子的報告還要專注。在皇帝的生涯裡，在我們征服了無垠疆域的榮耀之後，總會有某個時刻，皇帝知道我們很快就會放棄探知和了解他們的念頭，因而深感憂鬱，卻又覺得欣慰。有一種空虛的感覺，在夜間朝我們欺身而上，帶著雨後大象的氣味，以及火盆中漸漸冷卻的檀香餘燼的味道，一陣暈眩，使得繪在平面球型圖上的江河與山陵，在黃褐色的曲線上震顫不已，收捲起來，一個接著一個，傳來最後一支敵軍潰散的快報，一場又一場的勝利，還有拆著那些卑微的國王的蠟封密件，他們願意年年進貢貴重金屬、鞣製的獸皮和海龜殼，懇求交換我軍的保護。終究，我們會發覺，這個在我們看來是奇蹟之總和的帝國，其實是無盡的、不成形的廢墟，腐敗的壞疽已經蔓延太廣，連我們的王權也無法治療，戰勝敵國只不過讓我們繼承了他們長久以來的百廢待舉，此後，絕望沮喪的時刻便降臨了。只有在馬可波羅的故事裡，忽必烈汗才能在注定傾頹的城牆與高塔裡，辨別出那倖免於白蟻啃噬的精細雕花窗飾。

城市與記憶之一

啟程，朝東方走三天，你就抵達了狄歐米拉（Diomira），城中有六十座銀色圓頂，各種神祇的銅像，街道鋪上了鉛板，還有一座水晶劇場，以及一隻每個清晨在高塔啼叫的金色公雞。這一切美景，訪客都已經耳熟能詳，他們在其他城市也見過相同的景象。但是，在九月的某個晚上，白晝日漸縮短，小吃攤門前的七彩燈籠，剎那之間全部燃起，某處高臺有個女人高聲叫喚，這個時候，對於一個剛剛抵達這座城市的人而言，它的特殊之處，就是旅人會嫉妒那些此刻相信自己曾經活在同樣的夜晚裡，認為自己當時滿心快樂的人。

城市與記憶之二

一個人在荒野裡馳騁很長一段時間之後，他會渴望一座城市。終於，他來到了伊希多拉（Isidora），城中有鑲飾了海螺殼的螺旋階梯，出產上好的望遠鏡與小提琴，在兩個女人之間猶豫難決的異鄉客，總是會在這裡遇到第三個女人，而此地的鬥雞，已經淪為下注者之間的血腥爭吵。當他渴望一座城市時，總是想到這一切。因此，伊希多拉是他夢想中的城市：只有一點不同。在夢想中的城市裡，他正逢青春年少；抵達伊希多拉時，卻已經是個老人。在廣場那頭，老人群坐牆邊，看著年輕人來來去去；他和這些老人併坐在一起。欲望已經成為記憶。

城市與欲望之一

描述多洛希亞（Dorothea）城的方式有兩種：你可以說，有四座鋁塔聳立在城牆之上，城牆周圍有七座城門，彈簧操縱的昇降吊橋橫跨在護城河上，河中的水則流入四條穿越城市的綠色運河，將全城分隔為九個區域，每區有三百棟房屋和七百座煙囪。你還要記得，各區正及婚齡的女孩，將嫁給另一區的青年，他們的父母則互換各家族所壟斷的貨品——佛手柑、鱘魚卵、星盤、紫水晶——你可以順著這些事物談論下去，直到你明白了有關這個城市的過去、現在與未來的一切你想知道的事情。或者，像載我到那裡的趕駱駝人一樣，你可以說：「我第一次來到這裡，正逢年少，那是一個早晨，許多人在街上趕路，要上市場，齒若編貝的女人直直地望入你的眼睛，平臺上有三個士兵正在吹奏喇叭，四處車輪滾滾，彩旗風揚。到這座城市之前，我只認得沙漠和旅行路線。隨後幾年，我收回眼光，再度凝視廣袤的沙漠和旅行路線；然而，現在我知道，這條路只不過是那天早晨多洛希亞向我開啟的許多條路之一。」

城市與記憶之三

寬宏的忽必烈啊，我怎麼樣描述齊拉（Zaira），那座高壘環峙之城，都徒勞無功。我可以告訴您，那裡有多少臺階，城中的街道因此像樓梯一般昇起，那裡的拱廊有多麼地彎曲，還有覆蓋屋頂的鋅板是什麼模樣；但是，我早已明白，告訴您這些，等於什麼也沒說。組成這座城市的不是這些東西，而是空間的量度與過去的事件之間的關係：街燈柱的高度，以及吊在上面的篡位者晃動的雙腳與地面的距離；從燈柱拉向對街欄杆的長線，以及裝飾皇后婚禮遊行路線的花綵；欄杆的高度，以及天光乍現時，翻過欄杆一躍而下的情夫；排水溝的傾斜度，以及行走其間的貓潛入那個窗戶時的縱身一躍；突然從岬角後方出現的砲艇的射程，以及炸毀排水溝的那顆炸彈；漁網的破洞，以及坐在碼頭上修補漁網的三個老人，他們正第一百次說著砲艇和篡位者的故事，有人說篡位者是皇后的私生子，尚在襁褓就被遺棄在碼頭那邊。

當來自記憶的浪潮湧入，城市就像海綿一樣將它吸收，然後脹大。對今日齊拉的描述，必須包含齊拉的一切過往。但是，這座城市不會訴說它的過去，而是像手紋一樣包容著過去，寫在街角，在窗戶的柵欄，在階梯的扶手，在避雷針的天線，在旗杆上，每個小地方，都一一銘記了刻痕、缺口和捲曲的邊緣。

城市與欲望之二

向南走，第三天結束的時候，你就抵達了安那塔西亞（Anastasia），城市四周有同心環繞的運河供應用水，風箏則在上空飄揚。現在，我應該列舉在這兒購買十分划算的物品：瑪瑙、條紋瑪瑙、綠石髓，還有其他各式各樣的玉髓；我還應該讚美這兒的金雉肉料理，在硬化的櫻桃木上燒烤，撒上許多甜薄荷調味；我也該提到，我曾經看到女人在花園裡的水池洗浴，據說，她們有時候會邀請陌生人脫衣加入，在水中追逐嬉戲。但是，即使告訴你這些事物，我還是沒有提到這座城市的真正本質；因為，有關安那塔西亞的描述，若是一度勾起你的欲望，你也只能強忍下來，可是，如果某個早晨，你身處安那塔西亞的心臟，你的欲望會在剎那間全部甦醒，環繞著你。在你面前，城市是一個整體，沒有漏失任何欲望，你是城市的一部分，由於它對你並不熱中的每件事物都樂在其中，你只能夠安身在欲望裡，並且感到滿足。這就是安那塔西亞——陰險之城——所擁有的力量，有時稱為邪惡，有時稱為良善；如果你一天工作八小時，切割瑪瑙、條紋瑪瑙和綠石髓，你的勞動是在賦予欲望形式，可是勞動本身卻由欲望那兒獲得形式，而且當你相信自己在安那塔西亞樂在其中時，你只不過是它的奴隸。

城市與符號之一

你在樹叢與石堆裡走上幾天，很少遇見讓眼睛為之一亮的東西，除非眼睛認出那個東西是另一樣事物的符號：沙上的腳印顯示有隻老虎走過；一片濕地預告了地下水脈的存在；芙蓉花開，冬天就要結束了。其餘一切都靜默無言，毫無特色；樹木與石頭，就只是樹木與石頭。

終於，旅途抵達了塔馬拉（Tamara）城。你沿著街道深入，兩側的牆面滿是招牌，向外伸出。眼睛看不到事物，只見到意指了其他事物的各種形象：鉗子標明了拔牙匠的店；大杯子是客棧；戟是軍營；天秤則是雜貨店。雕像和盾牌上描畫了獅子、海豚、城堡和星星：這是一種以獅子或海豚或城堡或星星為符號的事物——誰知道是什麼？——的符號。其他標誌，則提醒人們某地的禁止事項（搭乘四輪馬車進入巷道，在涼亭後頭便溺，在橋上用釣竿釣魚）與允許事項（讓斑馬喝水，玩滾木球，火化親人的屍體）。寺廟的門上可以見到諸神的塑像，都帶有特殊的象徵——裝滿花果的羊角、滴漏與水母——信徒可以藉此辨認神祇，並且正確地傾訴禱告。如果有一棟建築沒有招牌或圖樣，它的形式本身，以及它在城市格局中所佔據的位置，便足以揭示它的功能：例如宮殿、監獄、造幣廠、畢達哥拉斯學派的學校，以及妓院。小販展示在貨攤上的物品，不是自身擁有價值，而是做為其他事物的符號方顯珍貴：刺繡的束髮帶展現了優雅；鍍金的轎子展示了權力；阿威羅伊（Averroes）的書冊意味了博學；腳踝上的鍊鐲則透露了奢侈。你的眼神掃過街道，宛若那是寫就的紙頁：這座城市訴說了你必須思索的每件事情，使你重複她的話語，而且，當你自以為在探訪塔馬拉時，你只不過是記錄了她用來界定自身以及她的各個部分的名號。

不論這座城市的真相為何，不論在這層濃重的符號之下，包含或掩藏了什麼，你離開塔馬拉時，都不會有所發現。城外頭，大地綿延伸展，空空蕩蕩，直抵天際；長空開闊，白雲紛飛。機緣與風賦予雲朵各種形狀，你已經專注地在其中辨認形貌：一艘航行中的船、一隻手、一隻大象。……

城市與記憶之四

在六條河與三座山之後，聳立著佐拉（Zora），一座讓見過的人永難忘懷的城市。但是，與其他值得記憶的城市不一樣，它之所以難忘不是因為它在你的回憶裡，留下了不尋常的意象。佐拉乃是一點一滴地停留在你的記憶裡，讓你記起綿延相繼的一條條街道，街道兩側一棟棟的房舍，以及房屋的一扇扇門窗，雖然它們自身並無特出的美麗或珍奇。佐拉的祕密，就在於你的眼光瀏覽各種式樣的方式，它們一個跟著一個，就像樂譜的音符一般，不可更動或取代。能夠默記佐拉如何建造起來的人，如果晚上睡不著，可以想像自己沿著街道前行，依照次序，他記得在理髮匠的條紋頂篷之後是銅鐘，然後是有九條水柱的噴泉、天文學家的玻璃塔、瓜販的攤子、隱士和獅子的雕像、土耳其澡堂、街角的咖啡屋，以及通往港邊的小巷。這座無法從心中抹去的城市有如甲冑，像蜂巢一般，我們每個人都可以將想要記得的事物，存放在一格格的小蜂房裡：名人的姓名、美德、數字、蔬菜和礦物的分類、戰役的日期、星座、演說的片段。在每個觀念與旅途巡迴的每一點之間，可以建立起一種相似或對比，直接有助於記憶。所以，世界上最有學問的人，是那些記誦佐拉的人。

但是，我出發尋訪佐拉，卻徒勞無功：為了更加容易記憶，佐拉被強迫要靜止不動，永保一致，佐拉因此凋萎了、崩解了、消失了。大地已經遺忘了她。

城市與欲望之三

有兩種方法可以抵達狄斯比那（Despina）：搭船或乘駱駝。這座城市呈現給從陸路來的旅人是一種面貌，呈現給由海上來的人又是另一種。

當趕駱駝的人看見摩天高樓的尖頂，在高原的地平線上進入眼瞼，看見雷達天線伸出、紅白相間的風向袋隨風飄動、煙囪冒著煙，他想到的是一艘船；他知道那是一座城市，但是他想像那是一艘要將他帶離沙漠的船，一艘即將啟航的帆船，微風已經開始吹拂風帆，尚未完全漲滿，或者，那是一艘汽船，鍋爐已經在鐵製龍骨上隆隆震動；他想像各式各樣的港口，起重機將外國貨物卸下碼頭，客棧裡各國的船員互相在對方的頭上砸破酒瓶，每個明亮的一樓窗戶裡，都有個女人在梳頭髮。

在籠罩海岸線的迷霧裡，水手辨認出駱駝鬐甲的形狀，兩座駝峰之間披掛著有閃亮金邊的刺繡鞍座，一邊前進，一邊擺動；他知道那是一座城市，但是他想像那是一隻駱駝，馱包上吊著裝葡萄酒的皮囊，一袋袋的蜜餞、棗酒與菸葉，而且他已經想像自己走在長長的沙漠旅隊前端，要遠離海洋之漠，走向有棕櫚樹的鋸齒狀陰影和清水的綠洲，走向有著厚重、塗上白色石灰水牆壁的宮殿，鋪了石磚的方院裡，女孩赤足舞蹈，擺動手臂，面紗半遮著臉，半裸著身體。

每座城市都從與它相對立的荒漠那裡獲得形貌；趕駱駝者和水手所見到的狄斯比那——兩種荒漠之間的邊界城市——也是如此。

城市與符號之二

從姬爾瑪（Zirma）回來的旅人，都帶了不一樣的記憶：一個盲眼黑人在人群中呼喊，一個瘋子在摩天大樓的屋頂飛簷上走動，一個女孩用皮帶牽了隻美洲豹散步。事實上，姬爾瑪的圓石路上，許多拄著手杖的盲人是黑人；在每座摩天大樓裡，總是有人發瘋；所有的瘋子都在飛簷上待上好幾個小時；也沒有不由某個女孩餵養的美洲豹，就像一陣偶發的怪念頭。這座城市總是過剩：它反覆自身，以至於會有某種事物永留心底。

我也從姬爾瑪回來：我的記憶包括了在窗戶的高度上，往四方飛去的飛艇；滿布紋身店的街道，在那裡水手身上刺了花紋；地下鐵車廂裡擠滿了為濕氣所苦的肥胖女人。另一方面，我的旅伴則誓言只看到一艘飛艇，浮在城市的尖塔之間，只有一個紋身藝匠在他的工作檯上舞針弄墨、紋刺圖樣，只有一個胖女人在月臺上搧風。記憶過剩，而且多餘：它重複著符號，使城市得以存在。

輕盈的城市之一

千井之城伊紹拉（Isaura），據說是建立在一個很深的地下湖之上。不論在哪個方向，只要居民往地底打個垂直的深洞，他們就能夠汲水，但是取水範圍和城市大小一樣，再遠就沒有了。城市的綠色外緣和深埋的地下湖的黑暗輪廓彼此重疊；看不見的地景範限了看得見的地景；在陽光下活動的每件事物，都由包容在岩石的石灰質天空之內的晃漾波浪所推動。

因此，在伊紹拉有兩種宗教存在。

根據某些人的說法，城市的眾神住在地底深處，住在灌注地下水流的黑湖裡。根據另外一些人的說法，眾神住在吊在纜繩之下昇起的水桶裡，當祂們從井緣出現後，就在轉動的滑輪裡，在水車的絞盤裡，在抽水機的把手裡，在汲水的風車葉片裡，在支撐螺旋探針的支架裡，在架在屋頂的水塔裡，在細長的輸水彎道裡，在一切的水道裡，垂直的水管、柱塞、排水管，一直接連到高矗在伊紹拉輕盈的檯架上的風信雞那裡，這是一座整個向上昇起的城市。

大汗的使者和收稅員被派往偏遠的省分視察，他們按時回到開平府，來到木蓮花園，忽必烈在樹蔭下漫步，聽取他們的冗長報告。這些大使是波斯人、亞美尼亞人、敘利亞人、埃及人、土人、土庫曼人；皇帝對他的臣民而言是個異邦人，而且只有透過異邦的眼與耳，帝國才能在忽必烈面前顯示它的存在。用大汗無法理解的語言，使者串連著他們透過無法理解的語言聽來的訊息：從這種意義不明且濃密的尖銳語聲裡，浮現了帝國國庫的歲收、被撤職或斬首的官員姓名、在乾旱時期灌注狹窄河流的運河規模。但是，當年輕的威尼斯人報告時，他和皇帝之間建立了一種不一樣的溝通。馬可波羅剛剛抵達，不懂地中海東岸的黎凡特語，他只能運用姿勢、跳躍、驚奇與恐懼的呼喊、動物的咆哮或梟叫，以及他從背包裡拿出來的東西，來表達自己，他將這些東西——鴕鳥羽毛、豆子槍、石英——像西洋棋子一般，排列在他的面前。完成忽必烈派遣的任務回來時，這個機伶的外國人即席創作了君王必須自己詮釋的啞劇：有一座城市是以逃離鸕鷀的大嘴，卻掉進網中的魚的跳躍來描述；另一座城市則以一個裸身過火，卻未灼傷的人來說明；第三座城市則用一個牙齒長滿青黴，緊咬著一顆又圓又白的珍珠的骷髏頭為代表。大汗一一釋明這些符號，但是這些符號與地方之間的關聯還是不清楚。他永遠不曉得，馬可波羅是否想要演出在旅途中遭遇的驚險、城市創建者的功勳、占星家的預言、一個暗示了某個名字的畫謎或比手劃腳的字謎。不過，不管是隱晦或明顯，馬可波羅所展現的每件事物，都具有象徵的力量，一旦見過了，就不會忘記或混淆。在大汗的心目中，帝國反映在一個不穩易變，又可以互換的資料沙漠裡，就像沙粒一般，從那裡，藉由威尼斯人的字謎，喚起了每座城市和省分的形貌。

隨著季節遞變與繼續出使，馬可波羅掌握了韃靼語言、民族的習慣用語，以及部落方言。現在，他的敘述是大汗所想要的最精確詳細的報告，再也沒有他們不能滿足的疑問或好奇心。可是，關於某個地方的每件訊息，都會讓皇帝憶起馬可波羅曾經用來表示那個地方的姿勢或物品。新的事實由象徵那裡獲得意義，也賦予象徵一個新的意義。忽必烈想，也許帝國只不過是心靈幻想的黃道十二宮圖。

「最後，當我曉得所有象徵的那一天，」他問馬可波羅：「我還能擁有我的帝國嗎？」

這個威尼斯人回答：「陛下，不要相信這種說法。到了那一天，您將會是所有象徵的象徵。」

Le città invisibili

Italo Calvino

②

「其他使節警告我有饑荒、強奪勒索與謀反；或者，他們告訴我新發現的土耳其玉礦藏、貂皮的好價錢，建議供應有鑲嵌裝飾的刀刃。你呢？」大汗問馬可波羅：「你來自同樣遙遠的地方，但是，你告訴我的只是傍晚坐在自家門階乘涼的人心裡所想的事。那麼，你這一切旅行有什麼用處呢？」

「這時候是傍晚。我們坐在您的宮殿臺階上。陣陣微風吹拂。」馬可波羅回答：「無論我的話語會勾引出什麼樣的邦國環繞著您，您都可以從這個有利位置觀看，即使沒有宮殿，只有建在木樁上的村莊，而且微風帶來的是泥淖海灣的惡臭，也是如此。」

「我的眼光是冥想、陷入沉思的人的眼光——我承認。但是你的呢？你穿越了列島、凍原和山岳。你即使沒有移動半步，也能說得一樣好。」

威尼斯人知道當忽必烈開始對他惱怒時，皇帝是想要更為清楚地追尋私密的綿延思緒；因此，馬可波羅的回答和異議，是在大汗的腦海裡，已經自行進行的對話裡發生。

也就是說，在他們兩者之間，問題與答案是大聲地說出來，或者兩個人都繼續靜默沉思，都無關緊要。事實上，他們靜默不語，半閉著眼睛，斜倚靠墊，在吊床上搖晃，抽著長長的琥珀煙管。

馬可波羅想像他在回答（或者忽必烈大汗想像他的回答）：一個人越是迷失在遙遠城市的陌生地區裡，他就越能夠理解，他為了抵達這裡所經過的那些其他城市；他回溯自己旅途的各個階段，認出了他揚帆出發的港口、青年時代熟悉的地方、自家的周遭，以及小時候在其間歡欣跳躍的那個威尼斯小廣場。

這個時候，忽必烈大汗打斷了他，或者在想像中打斷了他，或者是馬可波羅想像自己被打斷，問了一個類似這樣的問題：「你前行的時候，頭總是往後回顧嗎？」或者：「你所見到的，總是在你的背後嗎？」或者：「你的旅行總是發生在過去嗎？」

所有這些問題，馬可波羅可以解釋，或想像自己在解釋，或者被想像是在解釋，或者，最終是對自己解釋：他所見到的，總是位於前方的某種事物，即使那是屬於過去的事物，那也是一個隨著他的旅途前進而漸漸改變的過去，因為旅人的過去，會隨著他所依循的路徑而變：不是指立即的過去，不是一天天的過往，而是指較為久遠的過去。

每當抵達一個新城市，旅人就再一次發現一個他不知道自己曾經擁有的過去：你再也不是，或者再也不會擁有的東西的陌生性質，就在異鄉、在你未曾擁有的地方等著你。

馬可波羅進入了一個城市；他在廣場上看見某個人，過著可能是他自己會過的生活；如果他在很久以前就停頓下來，他現在可能身處那個人的位置；或者，在很久以前，如果他在十字路口上，所採取的道路和他當時的選擇正好相反，那麼，在長久的迂迴漂泊之後，他終究會身處廣場上的那個人的位置。現在，他已經被排除在他那真實或假想的過去之外；他不能停步；他必須前往下一個城市，在那裡會有另一個過去等著他，或者是某種原本可能是他的未來，而目前卻成了某人的現在的東西在等著他。未曾降臨的未來，只不過是過去的分枝：死去的分枝。

「這是再次體驗你的過去的旅程？」這時大汗提出了問題，這個問題也可以這樣子問：「這是恢復你的未來的旅程？」

馬可波羅的回答則是：「他鄉是一面負向的鏡子。旅人認出那微小的部分是屬於他的，卻發現那龐大的部分是他未曾擁有，也永遠不會擁有的。」

城市與記憶之五

在模里利亞（Maurilia），旅人受到邀請參觀城市，同時也受邀觀賞顯示這座城市的過往風貌的舊明信片：同樣的廣場，但是一隻母雞站在目前公車站的所在，高架橋原先是露天音樂臺，兩位撐著白色陽傘的年輕女士，站在現在是軍需工廠的地方。如果旅人不想讓居民失望，他必須稱讚這些明信片，並且認為比城市現在的模樣好，但是，他必須小心，對變化的惋惜不要超出一定界線：承認大都會模里利亞的雄偉和繁榮，與鄉下風味的老模里利亞相較之下，也無法彌補已經失去的優雅，這份雅致現在只能在舊明信片裡看到了，雖然，在以前，當我們面對鄉下風味的模里利亞時，其實看不到一絲優雅氣息，而且如果模里利亞一成未變，我們會認為今日的它更不優雅；無論如何，大都會的另一種額外魅力，乃是透過它的轉變，我們可以懷舊地回望它的過去。

要小心，不要對他們說，有時候不同的城市在同一個地點，依序承繼同一個名字，在不知道彼此的情況下誕生與死亡，相互之間沒有溝通。有時候，甚至居民的名字還都一樣，他們的口音與容貌的特質也都相同；但是，活在名字之下、土地之上的諸神，已經不發一言地離開了，外來者則在祂們原先的地方安頓下來。詢問新城比舊城好或差是沒有意義的，因為它們之間沒有關係，就好像舊明信片所描繪的不是模里利亞的過去，而是一個不同的城市，只不過湊巧像這個城市一樣，也叫做模里利亞。

城市與欲望之四

在那座灰石大都會費多拉（Fedora）的中心，矗立著一幢金屬建築，每個房間裡都有一個水晶圓球。望入每個圓球，你會看見一座藍色城市，那是一個不同的費多拉的模型。這些模型所表現的，乃是這座城市如果由於這個或那個原因，而沒有發展成今日我們所見模樣的話，所可能採取的種種形式。在每個時代，某個人看著過去的費多拉，想像一種將它建造為理想城市的方法，但是當他做好縮尺模型時，費多拉已經不再像以前一樣了，因而直到昨天還是一個有可能的未來，遂變成玻璃球裡的玩具。

這座內有圓球的建築物，現在是費多拉的博物館：每個居民都去參觀，選擇一個符合自己欲望的城市，凝思默想，想像自己映照在匯集運河（如果它不是被放乾的話）的水母池塘中的影像；坐在有罩篷的座箱裡，沿著大象專用道瀏覽風光（現在城中已禁止大象行走）；從螺旋狀盤繞的清真寺尖塔上滑溜下來的樂趣（這座尖塔從來沒有找到合適的基座來興建）。

喔！大汗，在您的帝國地圖上，必定有巨大石造的費多拉和玻璃球內的小費多拉的位置。這不是由於它們是一樣地真實，而是因為它們皆屬假想。大費多拉包含了被接受為必然的東西，然而其實尚非不可或缺；而其他的小費多拉被想像為有可能存在，過了一會兒，就再也不可能了。

城市與符號之三

正在旅途上，不曉得在路途上等著他的城市模樣的旅人，尋思宮殿是什麼樣子，想著軍營、磨坊、劇場和市集的樣貌。帝國的每一座城市裡，每座建築都不一樣，坐落在不同的位置：但是，當陌生人一抵達未知的城市，他的目光穿透寶塔松果似的尖頂、頂閣和乾草堆，依循蜿蜒的運河、花園和垃圾堆，他立刻可以分辨哪裡是王公的宮殿，哪裡是高僧的寺廟、客棧、監獄，以及貧民窟。有人說，這確證了一種假說，就是每個人在心裡都有一座僅由差異構成的城市，一座沒有形貌、沒有樣式的城市，個別的一座座城市，則填滿這個心中之城。

但是佐伊（Zoe）不是這個樣子。在這座城市的每個地點，你都能睡覺、製作器具、烹飪、囤積食物、脫衣、統治、販售，以及詢求神諭。它的每座角錐屋頂，都可以覆蓋痲瘋病院，或是土耳其宮女的浴室。旅人四處閑逛，只留下滿腦子疑惑：他無法分辨這座城市的特質，他在心目中維持的不同特質也混合一塊了。他這麼推斷：如果在所有的時刻，存在都只是它本身，那麼，佐伊乃是無可分割的存在之所在。但是，為什麼這座城市會存在呢？區分內在與外在，區分車輪的隆隆聲與野狼的嗥叫聲的界線在哪裡呢？

輕盈的城市之二

現在我應該談談詹諾比亞城（Zenobia），它有絕妙的景致：雖然坐落乾地，它卻建在高高的樁架上，房舍由竹節和鋅板造成，有許多平臺和陽臺，建在不同高度的支架上，彼此交錯，由梯子和懸吊的人行道連接，上頭架有圓錐屋頂的望樓、貯水的大桶、風向標、伸出的滑輪、釣魚竿，以及起重機。

沒有人記得是什麼樣的需要或命令或欲望，使得詹諾比亞的創建者，賦予他們的城市這種形式，因此，也沒有任何人提起，我們現在所見的城市，是否滿足了當初的要求，而目前的城市或許是從現在已無法分辨的最初計畫開始，重重疊疊成長出來的。但是，可以確定的是，如果你請詹諾比亞的居民描述他對快樂生活的觀感，他所想像的總是一個類似詹諾比亞的城市，有樁架，有懸吊的階梯，那或許是一個相當不一樣的詹諾比亞，旗幟和彩帶隨風飄揚，但總是由最初的模型元素組構而成。

說了這些，試圖要決定詹諾比亞應該劃入快樂還是不快樂的城市之列，是毫無意義的。將城市區分為這兩種，沒什麼意思，反而要分為另兩種：一種是歷經許多歲月，它們的變化還繼續賦予欲望形式的城市，而在另一種城市裡，不是欲望抹消了城市，就是欲望被城市抹消了。

貿易的城市之一

前行八十哩，進入西北風裡，你就抵達了攸菲米亞（Euphemia），來自七個國家的商人，每個夏冬至日和春秋分日聚集在這裡。在那裡卸下一整船薑和棉花的船，會再度啟航，裝滿了阿月渾子和罌粟種籽，而剛剛卸下一袋袋荳蔻和葡萄乾的旅行商隊，已經在鞍袋裡裝滿了成捲的金色棉布，準備回程。但是，驅使人群溯河而上、穿越沙漠來到這裡的動力，不僅僅是交換貨物，在大汗帝國內外的所有市場裡，你到處都可以發現相同的交易情景，貨品鋪放在同樣的黃色蓆墊上，散布在你的腳前，擺放在相同的防止蒼蠅的帆布篷的陰影裡，提供的是同樣虛假的價格折扣。可是，你來到攸菲米亞不僅僅是做買賣，也是因為在夜晚裡，藉著四散在市場裡的火光，坐在粗布袋或木桶上，或者平躺在成堆的地毯上，有個人絮絮說著的字眼——諸如「狼」、「姊妹」、「隱祕的寶藏」、「戰役」、「疥癬」、「愛人」——其他人也都說著自己的狼、姊妹、隱祕的寶藏、疥癬、愛人和戰役的故事。從攸菲米亞回返時，你知道在前方的漫長旅程裡，當你保持清醒，小心駱駝的搖擺或是帆船的晃動時，你開始一個接一個地召集你的記憶，你的狼會變成另一隻狼，你的姊妹會變成不一樣的姊妹，你的戰役成了其他戰役。攸菲米亞是個在每個夏冬至日和每個春秋分日，交換記憶的城市。

……剛剛抵達，不懂地中海東部的黎凡特語，馬可波羅只能用從行李中拿出來的物品——鼓、醃製的魚、疣豬牙串成的項鍊——表達自己，用姿勢、跳躍、驚奇或恐懼的呼喊，來指明這些物品，模仿胡狼的吠聲，以及貓頭鷹的梟叫。

故事的某個元素和另一個元素之間的關聯，在皇帝看來，不總是明白易懂的；物品可以有許多意義：裝滿箭的箭筒，可以指逼近的戰爭，或是獵物豐盛，或者是製造兵器的店家；一個沙漏可以代表時間的過往，或是過去的時間，或是沙，或是製造這個沙漏的地方。

但是，對忽必烈而言，這位不能用語言表達思想的報告者所報告的每個事件或新聞，由於依然環繞其外的空間，由於一個沒有裝填字句的空缺，而提高了價值。馬可波羅對他曾經到訪的城市的描述：有這樣的長處：你可以在思想中遊逛這些城市，沉迷其中，停步享受涼爽的空氣，或者逕自跑開。

隨著歲月流逝，在馬可波羅的故事裡，字句開始取代物品和姿勢：起初是感嘆詞、孤立的名詞、生硬的動詞，然後是片語、枝葉繁茂的語句、隱喻和借喻。這個異邦人已經學會了皇帝的語言，或者，皇帝已經能夠理解異邦人的語言。

但是，你可以說他們之間的溝通，不再像以前那樣快樂了：當然，在列舉每個省分與城市最重要的事物——紀念物、市場、服飾、動物與植物——時，字句比物品或姿勢有用，但是，當馬可波羅談起在那些地方為什麼生活是那個樣子時，日復一日、夜復一夜，字句都無法表達他的意念，漸漸地，他又開始依賴姿勢、鬼臉和目光的游移。

因此，在以精確的字眼說明了每個城市的基本資料後，接著就是無言的評論，他舉起手，手掌向外，或向下，或向旁邊，筆直地或歪斜地移動，間斷地或緩慢地動作著。一種新的對話建立起來了：大汗戴滿戒指的白手，以威嚴的動作回答商人強壯、敏捷的雙手。隨著他們之間的了解日益增長，他們的手開始有固定的姿態，每一種都對應了某種情緒的變化，隨着手勢的改變和重複而變。而且，當事物的字彙隨著新的商品而更新之際，無言評論的庫藏卻傾向於封閉和穩定。然而，回到這種溝通的樂趣，對他們倆而言，也逐漸減弱了；在他們的對話裡，大部分時候，他們靜默不動。

③

Le città invisibili

Italo Calvino

忽必烈大汗注意到馬可波羅的城市，彼此之間很類似，似乎從一個城市到另一個城市的移轉，不是旅程，而是元素的變換。現在，忽必烈大汗的心靈從馬可波羅描述的城市自行出發，在一點一點地拆解了這座城市之後，他以另一種方式重新構築，掉換組成部分，移動或翻轉它們。

此際，馬可波羅繼續報告他的旅行，但是皇帝已經不再聆聽。

忽必烈打斷他：「從現在開始，我要描述一些城市，而你就告訴我它們是否存在，是否像我所想的那樣。我首先要問你的是一座樓梯之城，暴露在熱風吹襲之下，坐落在半月型的海灣。現在，我要列舉一些它所擁有的驚人景觀：一座像大教堂一般高的玻璃槽，人們可以跟隨燕子魚的漂游與飛翔，從中獲取占兆；一棵棕櫚樹在風中以它的複葉彈奏豎琴；廣場上有一張馬蹄型的大理石桌，鋪上大理石的桌布，上面擺著也是大理石做成的食物和飲料。」

「陛下，您心不在焉。這就是您打斷我時，我正在說的城市。」

「你知道它？它在哪裡？叫什麼名字？」

「它沒有名字，也沒有地點。我要重說一次我向您描述它的原因：我們必須從可以想像的城市之列，剔除那些其中的元素沒有一條連結的線、沒有內在法則、沒有觀點、沒有論述來加以組合的城市。城市，就像夢一樣：一切可以想像的城市，都可以入夢，但是即使是最預想不到的夢，也是一個隱藏了欲望，或者相反地，隱藏了恐懼的謎。城市像夢一樣，是由欲望與恐懼造成，即使它們的論述線索是祕密的，它們的規則是荒謬的，它們的觀點是欺騙的，而且，每件事物都暗藏了其他東西。」

「我沒有欲望，也沒有恐懼，」大汗宣稱：「而且，我的夢不是源自我的心思，就是純由機緣組成。」

「城市也相信它們是心靈或機緣的產物，但是心靈或機緣都不足以支撐城市之牆。你感到歡愉，並非由於城市的七大奇觀，或七十個奇觀，而是在於它回答了你的問題。」

「或者是它問你一個問題，強迫你回答，就像底比斯穿過獅身人面怪的嘴一樣。」

城市與欲望之五

啟程，在六天七夜之後，你會抵達白色之城卓貝地（Zobeide），全城在月光籠罩之下，街道宛若一束紗，纏繞在一起。這個城市有這樣的創建傳說：不同國家的人，都做了一個相同的夢。他們見到一個女人，在夜裡跑過一座不知名的城市；他們見到她的背影，一頭長髮，赤裸著身體。他們在夢中追趕她。當他們迂迴穿繞之際，大家都失去了她的蹤影。夢醒之後，他們出發尋找那座城市；他們一直沒有發現這座城市，卻遇見了彼此；他們決定建造一座與夢境一樣的城市。在配置街道時，每個人都依循自己夢中的追趕路線來安排；在失去那奔跑者蹤跡的地點，他們安排了和夢境不一樣的空間與牆，這樣子她就無法再次脫逃了。

這就是卓貝地城，他們在此地安頓下來，等待那一幕在某個夜裡重現。不管是睡著或醒著，他們之中再也沒有人看到那個女人。城中的街道是他們每日上工的街道，和夢中的追趕再也沒有關聯。這件事，已經被遺忘很久了。

新人從其他地方到來，有著像先到者一樣的夢，而且在卓貝地城裡，他們約略地認出了夢中的街道，他們改變了騎樓與階梯的位置，以便更為近似被追趕的女人的行進路線，而在她消失的地方，還是沒有脫逃之路。

首次抵達的人，不會明白是什麼力量吸引這些人到卓貝地，到這個醜陋的城市，這個陷阱。

城市與符號之四

旅人在異鄉會遭遇的一切語言變化，都比不上在海沛提亞（Hypatia）城等待他的那些變化，因為在那裡變化的不是字詞，而是事物。我在早晨進入海沛提亞，一個木蓮花園映照在藍色的池塘裡，我在樹籬間穿行，確定會發現年輕美麗的女子在洗浴；但是，在水底，螃蟹正在咬著自殺者的眼睛，他們的脖子上綁著石塊，頭髮上纏繞著綠色的海草。

我覺得被騙了，決定要求蘇丹主持正義。我爬上有最高圓頂的宮殿的斑岩階梯，穿過六座有噴泉的鋪磚庭院。鐵柵欄鎖住了中央大殿：戴了黑色腳鍊的囚犯，正從地下的採石場搬運玄武岩塊。

我只能去問哲學家。我進入大圖書館，在傾倒在牛皮紙裝訂的書堆裡的書架中迷失了，我依循已經廢棄的字母的順序，在廳堂、樓梯、橋梁間上上下下。在最遠的一間存放古文書的小房間裡，煙霧繚繞中，出現了一個年輕人的恍惚眼神，他躺在蓆上，嘴不離鴉片煙管。

「哲人在哪裡？」

抽煙的人指向窗外。那是一個有小孩遊戲的庭園：有九柱戲、鞦韆、陀螺。哲學家坐在草地上。他說：「符號形成了語言，但那不是你以為你知道的那種語言。」

我明白自己必須從以前向我顯露我所見事物的那些影像中解脫出來：屆時，我才能確實理解海沛提亞的語言。

現在，我只要聽見馬的嘶鳴與皮鞭的抽打聲，就會被情愛的恐懼攫獲：在海沛提亞，你必須走到馬廄和跑馬場，才能見到美麗的女人，她們蹬上馬鞍，大腿裸露，小腿裹著護甲，一旦年輕的異鄉人走近，她們就將他掀倒在乾草堆或鋸屑上，將她們堅挺的乳頭壓在他身上。

當我的靈魂不需要刺激或滋養，只需要音樂時，我知道必須到墓地去尋找：音樂家躲在墓裡；一座座的墳墓裡笛子吹出顫音，豎琴的和絃彼此呼應。

當然，在海沛提亞也有那麼一天，我唯一的欲望是想要離開。然而，我知道不能走向港口，卻必須爬上城堡最高的尖塔，在那裡等待一艘船經過。但是它會經過嗎？沒有不欺騙的語言。

輕盈的城市之三

阿蜜拉（Armilla）成為這副模樣，到底是因為它尚未完成，還是因為它被破壞，原因是某種魔法，或是突發的念頭，我都不知道。只知道事實是它沒有牆，沒有天花板，也沒有地板：沒有什麼東西讓它看起來像一座城市，只有水管在原來應該是房子的地方垂直延伸，在原本應該是地板的地方水平伸展：那是一個水管森林，末端是水龍頭、蓮蓬頭、噴水孔，以及排水管。一個白色的洗手臺，或是一個浴盆，或其他瓷器的衛浴設備，襯著天空，突兀地伸出，像是還吊在枝頭的晚熟水果。你或許會認為鉛管工匠已經完成工作，而且在砌磚的泥水匠到達前就離開了；或者，他們難以破壞的水力系統，在一場災難、地震，或是白蟻的蛀蝕之後，留存下來。

雖然在有人居住之前或之後被拋棄了，但是阿蜜拉不能稱為廢墟。在任何時候，抬眼望向那些水管，你很可能會瞧見一個年輕女人，或是許多年輕女人，身材纖瘦不高，沉浸在浴缸裡，或是在懸在半空中的蓮蓬頭下拱著背，正在洗浴，或是擦乾身體，或是噴上香水，或是在鏡子前梳著她們的長髮。在陽光底下，水絲從沖浴的閃爍水流、水龍頭的噴灑、噴水孔的迸流、飛濺、海綿的泡沫裡，散溢出來。

我得到這樣的解釋：在阿蜜拉的水管裡流動的水流，還是歸寧芙女神和水精掌理。由於習於在地下的水道裡悠游，她們發覺很容易進入這個新的水域，從各式各樣的噴泉冒出來，尋找新的鏡子。或許她們的侵入趕走了人類，或者阿蜜拉就是人類建造來奉獻給寧芙們，以贏取她們歡心的城市，因為她們被水的濫用觸怒了。無論如何，這些少女現在看起來很滿足：你在早晨可以聽見她們歌唱。

貿易的城市之二

巨大的克洛城（Chloe）裡，在街上穿行的人群都是異鄉人。每次碰面時，他們都想像著關於對方的千百種事物；可能發生在他們之間的會面、談話、驚奇、擁抱、輕咬等等。但是，每個人都不和別人打招呼；眼光定住一秒，就投向別的地方，找尋其他眼光，絕不停歇。

一個女孩行來，轉著肩上的陽傘，也微微晃動著她的渾圓臀部。一個一身黑衣的女人走來，展露成熟韻味，罩紗下的眼睛不停轉動，雙唇不停顫動。一個紋身的大漢走過；一個白髮的年輕男子；一個女侏儒；一對穿著珊瑚色衣服的雙胞胎女孩。他們之間有某種東西在游動，目光的交換像線條一樣彼此連接，畫出箭頭、星星、三角形，直到所有的組合方式在瞬間都窮盡了，而其他的人物進入場景之中：一個用皮帶牽了隻印度豹的盲眼男人，一個手持鴕鳥羽扇的高級妓女，一個小伙子，一個胖女人。因此，當一群人偶然發現彼此聚集在一起，在騎樓下避雨，或是群聚在市集的遮陽篷下，或者駐足聆聽廣場上的樂隊演奏，會面、引誘、交媾、放蕩，在他們之間圓滿完成，卻不發一言，連一根手指頭也沒有碰到任何東西，幾乎沒有抬起眼睛。

一股情色滿溢的震顫，不斷地擾動著克洛——最為貞潔的城市。如果男人和女人開始做著他們轉瞬即逝的夢，每個幽靈都會變成人形，開啟一個追求、假裝、誤解、衝突和壓抑的故事，然後，幻想的喧鬧狂歡就會停歇。

城市與眼睛之一

先人在湖岸建了法卓達（Valdrada），房屋的走廊一層層相互堆疊，抬高的街道有欄杆矮牆，可以向外眺望水面。於是，剛剛抵達的旅人看到了兩個城市：一個聳立在湖上，另一個映照在水裡，上下顛倒。在其中一個法卓達裡存在或發生的事物，必定會在另一個法卓達裡重複，因為這座城市的構造方式，乃是每一點都會映照在水鏡裡，而且水中的法卓達不僅僅包含了聳立湖面的立面凹槽和突出的飾紋，也包含了房間的內部天花板與地板、廳堂的景色，以及衣櫥的鏡子。

法卓達的居民知道他們的每個行動，都同時是行動及其鏡像，後者擁有影像的特別尊嚴，而且，這種自覺使他們時時刻刻避免屈服於投機或健忘。即使當戀人纏捲他們赤裸的身體，肌膚相親，找尋能讓自己在對方身體中得到最大快感的位置時，甚至當謀殺者將刀刺入頸部的黑色靜脈，湧出的血塊越多，他們越用力將刀刃切入筋肉之間，此際，他們的交合或謀殺的重要性，還不如鏡中清澈且冰冷的影像的交合或謀殺。

有時候，鏡面增加了事物的價值，有時候又否定了價值。在鏡子外看似有價值的每件事物，映照在鏡中時，不見得能夠維持原有的力量。這座雙子城並不對等，因為在法卓達存在或發生的事物，都不對稱：每張臉和每個姿勢，都在鏡中有顛倒的臉和姿勢，與之一點一點地對應。兩座法卓達為了彼此而存活，它們的眼睛互相鎖定；但是它們之間沒有情愛。

大汗夢見了一個城市，他向馬可波羅描述：

「港口朝向北方，籠罩在陰影裡。碼頭離黑色的水面很高，波浪拍打著防波堤；石階向下延伸，由於海草而顯得滑溜。沾汙了焦油的小船繫著纜繩，等待那些要離去的旅客，他們在碼頭上徘徊，與他們的家人道別。道別沉默無聲，但有淚水。天氣很冷；每個人頭上都包了圍巾。船夫叫了一聲，以免繼續拖延；旅客擠在船首：向外眺望留在後頭的那一群人；從岸上看，再也分辨不清他的特徵了；這艘小船停靠在一艘下了錨的船邊；一個縮小的身影爬上階梯，消失不見。隱約聽到生鏽的鐵鏈拉起的聲音，刮擦著錨鏈孔。留在後頭的人群，目光越過堆石防波堤之上的護牆，尾隨那艘船，直到它繞過岬角；他們最後一次揮動白布。」

「出發，探尋每個海岸，找出這座城市。」大汗向馬可波羅說：「然後回來告訴我，我的夢境是否與現實相符。」

「原諒我，我的主人，毫無疑問地，我遲早會從那個碼頭揚帆出發。」馬可波羅說：「但是，我不會回來告訴您它的故事。這個城市確實存在，而且它的祕密很簡單：它只知道離去，不曉得歸來。」

④

Le città invisibili

Italo Calvino

嘴裡啣著煙斗的琥珀柄；鬍鬚平貼在紫水晶項鍊上，腳拇指神經緊張地拗曲在絲質的拖鞋裡，忽必烈大汗傾聽著馬可波羅的故事，連眉毛也不抬一下。像這樣的夜晚，憂鬱症的陰影，重壓在他的心頭。

「你的城市不存在。也許，它們從來就沒有存在過。它們肯定永遠不會再次存在。你為什麼要用安慰性的虛構寓言來自娛呢？我很清楚，我的帝國像是在沼澤裡腐敗的軀體，發散出來的傳染病感染了啄食的烏鴉；也感染了靠其體液滋長的竹子。你為什麼不告訴我這些？異鄉人，你為什麼對韃靼皇帝說謊？」

馬可波羅知道最好是跳入君王的晦暗心境裡。「沒錯，帝國生病了，而且，更糟的是它還企圖習慣它的痛處。這正是我探險的目的：檢視那些還能瞥見的歡樂跡象，我判斷它會越來越少了。如果您要知道環繞周遭的黑暗有多少，您必須睜亮眼睛，凝視遙遠的微弱光芒。」

然而，在其他時候，大汗突然為一陣興奮的幸福感所攫。他會起身站在坐墊上，大跨步量度鋪展在他腳下的地毯，由高臺的欄杆向外探望：以眩惑的雙眼，逡巡被香柏樹上垂掛的燈籠照亮的廣闊御花園。

「嗯，我知道。」他會說：「我的帝國是用水晶材料造成的，它的分子排列形式完美無瑕。在諸元素的洶湧擾動裡，一顆燦爛的堅硬鑽石成形了，那是一座巨大、有許多小平面，而且透明的山。為什麼你的旅行印象停留在令人失望的表象上，而從來不捕捉這難以平息的過程呢？為什麼你在無關緊要的憂鬱上留連不去？為什麼你向皇帝隱瞞它的壯麗命運呢？」

馬可波羅回答：「陛下，在您的示意下，那獨一無二與終極的城市，昇起了純潔無瑕的城牆，此際，我正在收集那些消失不見，以便讓位給這座城市的其他可能存在的城市的灰燼，這些城市再也不會重建，也不會被憶起。當您最終知道了沒有任何寶石能夠彌補的悲苦殘跡時，您就可以計算那顆最後的鑽石必須勉力達到的正確克拉數。否則，您的計算一開始就錯了。」

城市與符號之五

睿智的忽必烈啊，沒有人比你更清楚，城市絕對不能和描述它的那些字詞相混淆。但是，它們之間有所聯繫。如果我向您描述奧立維亞（Olivia），一座產品充裕、利潤豐厚的城市，要說明它的繁榮，我只能夠提到金銀絲精細鑲嵌的宮殿，直櫺的窗戶旁，座椅上擺著縫邊的靠墊。內院的簾幕外頭，旋轉的噴水孔澆灌著草地，一隻白色的孔雀正在伸展尾羽。但是，藉著這些字詞，您立刻了解奧立維亞被煤灰煙霧，以及沾黏在房屋上的油脂遮蔽的樣子，喧鬧的街道上，移動的拖車將行人擠壓在牆上。如果我要向您訴說居民的勤勉，我會提到充滿皮革氣味的馬鞍店，一面編織棕櫚纖維地氈，一面喋喋不休談話的婦女，渠道裡懸沖而下的小瀑布，推動了磨坊的槳葉；但是，這些字詞在您被啟蒙的心靈裡所誘發的意象，乃是車床夾鉗下的一組心軸，是數千雙手數千次地依照每個操作的固定速度，不斷地反覆動作。如果我必須向您解釋奧立維亞的精神，是如何傾向於一種自由的生活與精緻的文明，我將會告訴您，在夜裡，淑女在綠色海灣的堤岸間，划盪著明亮的小舟；但是，這只會讓您想起在城郊，每個夜晚男人和女人像一列夢遊者一般地走過，總是有人在黑暗中爆笑出聲，發散出一串串笑話和譏諷。

有一點您也許不知道：要談論奧立維亞，我無法使用不同的字詞。如果真的有一座有著直櫺窗和孔雀、馬鞍店和織地氈者，以及小舟和海灣的奧立維亞，它將會是一個惡劣、黑暗、滿布蒼蠅的洞，而且如果要描述它，我必須回到煤灰、車輪的輾軋聲、反覆的動作、譏諷等隱喻。虛假絕對不是在字詞裡；它在事物裡。

輕盈的城市之四

索弗洛尼亞（Sophronia）由兩個半邊城市組成。其中一邊有龐大且起伏陡峭的雲霄飛車，有鍊條為輪輻的旋轉木馬，有附加旋轉座椅的摩天輪，有蹲伏的摩托車騎士的死亡飛躍，有高空鞦韆掛在中間的馬戲團大帳篷。另外一半城市，由石塊、大理石和水泥構成，有銀行、工廠、宮殿、屠宰場、學校，以及其他一切建築物。其中半邊城市是永久的，另一半是暫時性的，當停留期滿，他們就將它連根拔起、拆卸，然後帶走，移植到另一個半邊城市的空地上。

因此，每年總有那麼一天，工人移除大理石的山形牆，卸下石牆、水泥塔門，拆除部會大樓、紀念碑、碼頭、煉油廠和醫院，將它們裝上拖車，一站站地繼續它們的年度巡迴。留下來的半個索弗洛尼亞，還有打靶場、旋轉木馬，猛然衝下的雲霄飛車，暫時停止了尖叫，它現在開始計算月分，計算旅行車隊回來之前，還要等待的天數，屆時，一個完整的生活才能再次開始。

貿易的城市之三

當旅人進入以優卓匹亞（Eutropia）為首府的領土時，他看到的不是一座，而是許多座城市，大小相同，彼此沒有什麼不一樣，散布在一個廣闊、起伏的臺地上。優卓匹亞不是一座城市，而是這些城市的總稱；每回只有其中一座城市有人居住，其他城市則空著；這個過程依序輪流。現在我要告訴你它如何運作。當某一天，優卓匹亞的居民感到厭倦纏身，再也沒有人能夠忍受他的工作、他的親戚、他的房子和他的生活、債務、他必須問候的人或向他問候的人，那麼，全體市民便決定移居到下一個城市，城市在那一邊等待他們，空曠無人，而且像新的一樣；在那裡，每個人都選取一個新工作、一個不同的妻子，打開窗戶時，看見不一樣的景色，在不同的消遣、朋友、閑談上，消磨他的時間。因此，他們的生活隨著移居而更新，這些城市的方位或坡度或溪流或風向，使得每個基地彼此有些差異。因為他們的社會秩序，沒有很大的財富或權勢的差別，從一種功能移向另一種功能，幾乎不會產生動盪；多樣的工作指派保障了異質性，所以，在一個人的一生裡，很少回到原先做過的工作崗位。

因此，這座城市重複著它的生命，完全相同，在它的空曠棋盤上，上下移動。居民重複著相同的場景，只是演員換了；他們以不同組合的音調，重複著相同的言詞；他們張開輪流更替的嘴，打著完全相同的呵欠。在帝國所有的城市裡頭，只有優卓匹亞總是一樣。這座城獻給水星，變幻無常之神，是祂創造了這個曖昧的奇蹟。

城市與眼睛之二

賦予贊陸德（Zemrude）城形式的乃是觀看者的心情。如果你一邊走一邊吹口哨，鼻子在口哨後頭微微上揚，你就會從底部開始認識這座城市：窗臺、隨風掀動的窗帘、噴水池。如果你低垂著頭走路，指甲掐進手掌心，你的目光將會停留在地面上、在排水溝、人孔蓋、魚鱗、廢紙上。你不能說城市的這個面向比那個面向真實，但是，你大部分是從那些回想上層贊陸德的人那裡聽說它，而這些人已經沉淪到下層的贊陸德，他們每天沿著一樣地展布的街道，每個早晨再次尋找以前那天的壞情緒，它們都堆積在牆腳。每個人都一樣，或早或晚，總有那麼一天，我們會將目光朝下，沿著排水管，不再能夠使目光脫離路面的圓石。相反的事並非不可能，但是十分稀少：因此，我們繼續在贊陸德的街上走著，眼睛現在已經向下深掘到地窖、地基、水井了。

城市與名字之一

關於阿革勞拉（Aglaura），在它的居民一直反覆的事情之外，我幾乎不能多告訴你什麼：一整列的諺語式美德，一整列也是格言式的缺陷，一些古怪反常，以及一些拘泥規則的古板。古代的觀察家——我們沒有理由不設想他們誠實不虛——將恆久的性質分類，歸屬給阿革勞拉，確實與同時代其他城市的性質可以相互比擬。也許，不論是為人傳誦的阿革勞拉，或是看得見的阿革勞拉，自從那時候起，就沒有多少改變，但是，原本怪異奇特的，現在卻尋常無奇，原先看似正常的，現在卻顯得奇怪，而美德與缺陷在一套美德與缺陷的分布不同的符碼裡，失去了優點與恥辱。在這個意思下，關於阿革勞拉的說法沒有一件是真實的，但是，這些敘述卻創造了堅實且緊密的城市意象，反而，那些也許是從阿革勞拉的生活裡推知的隨口意見，卻較少實質。後果如此：他們所談論的城市，具有較多存在必須之物，而在它的基地上存在的那座城市，卻較少存在。

所以，如果我想要向你描述阿革勞拉，根據我個人所見與經歷，我應該告訴你那是一座沒有色彩的城市，沒有特色，只是隨意地建在那裡。但是這也不會是真的：在某些時刻，在沿著街道的某些地方，你會看見在你面前展開的暗示，意指著某種不可能弄錯的、罕有的，也許是壯麗的東西；你想要說它是什麼，但是，先前說過的有關阿革勞拉的每件事情，都拘禁了你的話語，而且強迫你重複，而非發言。

因此，居民依然相信，他們住在只隨著阿革勞拉的名字成長的那個阿革勞拉裡，而沒有注意到在地上成長的阿革勞拉。而且，即使我是那種想在記憶裡區別兩種城市的人，還是只能談論其中一座，因為對另一座城市的回憶，由於沒有字詞來相配，已經遺失了。

「從現在開始，我要向你描述城市。」大汗曾經說：「你要在你的旅行中，看看它們是否存在。」

但是，馬可波羅造訪過的城市，總是和皇帝所想的城市不一樣。

「那麼，我在心裡構築一座模型城市，所有可能存在的城市都從中衍伸出來。」忽必烈說：「它包含了相應於規範的一切事物。既然一切存在的城市，都不同程度地偏離規範，我只需要預想規範的種種例外，然後計算最可能的各種組合方式。」

「我也想到了一種推衍一切其他城市的模型。」馬可波羅回答：「那是一座只由例外、排除在外的東西、不諧和、矛盾造成的城市。如果這座城市是最不可能存在的城市，藉著漸漸減除異常元素的數目，我們就增加了城市真正存在的可能性。所以，只要從我的模型刪減例外，在我推進的任何方向，我都會抵達那些總是做為一個例外而存在的城市之一。但是，我的操作不能推到某個界限以外：我會得到可能性過高，反而不存在的城市。」

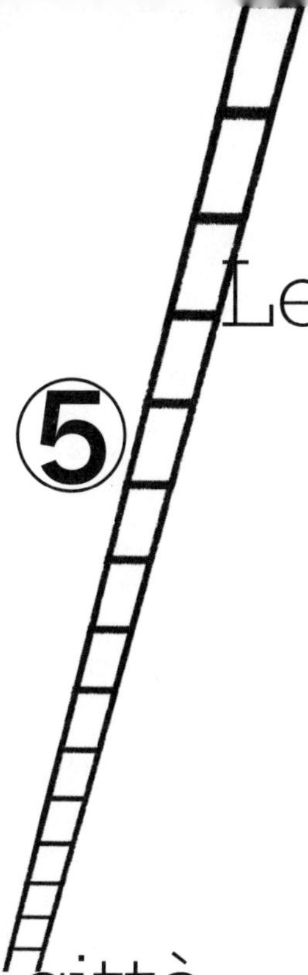

Le città invisibili

Italo Calvino

5

大汗從宮殿的高欄向外望去，看著他的帝國擴展。起初，疆界向外伸展，兼併了被征服的領土，但是軍團繼續行進，遇到了半屬荒蕪的地區：雜草叢生的茅屋村落、稻穀不生的濕地、瘦弱的人群，以及乾枯的河流和蘆葦。「我的帝國向外伸展得太遠了。是時候了。」大汗想：「現在帝國應該在內部生長。」於是，他夢到了石榴樹林，果實熟透了，表皮綻裂開來，瘤牛肉在鐵叉上烤成褐色，滴著肥油，山崩之後，金屬礦脈露出地面，金塊閃爍。

現在，許多豐收的季節使穀倉裝滿了糧食。氾濫的河流滋養了森林，供應承載寺廟與宮殿的銅質屋頂的橫梁。奴隸組成了車隊，運載了堆積如山的大理石，蜿蜒地穿越大陸。大汗默想著許多城市覆蓋了帝國，重壓在大地和人類身上，財富滿溢，交通擁擠，充塞了裝飾與政府機構，有複雜的機制和層級，腫脹、緊繃，又沉重。

「帝國正在被它自己的重量壓垮。」忽必烈這麼想，於是在他的夢裡，現在城市由於紙鳶的出現而變輕了，像蕾絲花邊一般穿透的城市，像蚊子所結的網般透明的城市，像葉脈一樣的城市，像手掌般排列的城市，可以看透其晦暗與虛構的厚重金銀鑲嵌的城市。

「我應該告訴你，昨夜我夢見了什麼。」他對馬可波羅說：「在一片平坦、黃色的大地裡，滿布著隕石和漂石，我從遠處看見一座城市的尖塔昇起，尖頂是如此細長，以至於月亮橫越天際時，可以一會兒在這裡，一兒在那裡停歇，或者在起重機的纜索上搖晃。」

馬可波羅說：「您夢中的城市是拉雷奇。它的居民安排了這些在夜晚天空裡休息的邀請，期望月亮因此應允城中的每樣事物成長和永遠成長的力量。」

「有件事你不知道。」大汗加了一句：「月亮為了表示感謝，賦予拉雷奇城一項稀有的特權：在光亮中成長。」

輕盈的城市之五

如果你決定相信我，那很好。現在我要說明蛛網之城奧塔維亞（Octavia）是怎麼建造起來的。兩座陡峭的山之間，有一個懸崖：城市就懸在半空中，依靠著繩索、鍊條和甬道，綁縛在兩邊山頂上。你走在細小的木製繫結上，小心翼翼，不讓腳步踩空，或者你緊抓著大麻揉製的繩索。在底下，深有好幾百呎，空無一物：只有幾朵雲飄過；再往下探，你可以瞥見那布滿深坑的河床。

城市的基礎就是一張既是通道，又是支柱的網。其他的一切，並不是向上建造，而是往下垂掛：有繩梯、吊床、像袋子一般的房舍、吊籃一般的平臺、裝水的皮囊、煤氣燈頭、鐵叉、細繩上的籃子、升降的食物輸送機、蓮蓬頭、小孩玩耍的高空鞦韆和吊環、纜車、吊燈，以及攀爬的植物盆栽。

雖然懸掛在深淵之上，奧塔維亞居民的生活，卻比其他城市的居民還要安定。他們都知道這網只能維持這麼久。

貿易的城市之四

在爾希里亞（Ersilia），為了要建立維繫城市生活的關係，居民在房屋的各個角落拉起細繩，有白色、黑色、灰色，也有黑白相間的顏色，端視他們是要標明血腥、貿易、權威，或是機構的關係而定。當細繩越來越多，再也不能穿越通行時，居民就離開了：房子被拆了；只有細繩和它們的支柱留存下來。

在山腰上，爾希里亞的難民收拾家當，搭起營帳，眺望著平原上緊繃的細繩與豎立的柱子所構成的迷宮。那依然是爾希里亞城，而他們自己什麼也不是。

他們在其他地方重建爾希里亞。他們織起形態類似的細繩，但是更為複雜，而且比以前更有規律。然後，他們又放棄它，自己連同房屋都搬到更遠的地方。

因此，在爾希里亞所在的地域旅行時，你會遇見一座座被離棄的城市廢墟，沒有傾頹的牆壁，也沒有隨風翻滾的死人骨骸：只有錯綜複雜的蛛網，在尋找一個形式。

城市與眼睛之三

在樹林中穿行七天之後，要前往鮑西斯（Baucis）的旅人，雖然看不見城市的所在，但是他的確已經抵達了。地面上豎起了細長的高蹺，彼此間隔遙遠，一直向上伸入雲端消失不見，它們撐起了這座城市。你可以沿著梯子爬上去。居民很少在地面上出現：上頭已經有了他們需要的一切物品，他們寧可不下來。除了像火鶴長腳一般的支撐高蹺外，這座城市沒有任何部分接觸大地，天氣晴朗時，尖銳、瘦削的陰影會投射在樹葉上。

關於鮑西斯居民的行徑，有三種假說：一說他們痛恨大地；二說他們過於崇敬大地，因此避免一切接觸；三說他們喜愛大地沒有他們存在時的樣子，他們用各種望遠鏡朝下觀看，檢視一片片樹葉、一塊塊石頭、一隻隻螞蟻，永不厭煩，為他們自己的缺席而凝思神往。

城市與名字之二

有兩種神保護著林德拉（Leandra）城。兩種神都小到看不見，多到難以計數。其中一種站在房屋的大門內側，接近衣帽架和雨傘架的地方；搬家的時候，祂們跟著整個家庭走，當移交鑰匙時，便將自己安頓在新居裡。另一種神住在廚房，各隨所好，躲在鍋盆或是煙囪道或是掃帚櫥裡：祂們屬於房子，當原先住在那裡的家庭遷離了，祂們卻和新的房客一起留下來；也許早在房子興建之前，祂們就在那裡了，在空地的雜草叢中，躲在垃圾桶裡；如果房子拆毀，在原地蓋一座容納五十戶人家的巨大樓房，就可以在每一間公寓的廚房裡發現祂們，數目增加了。為了區別這兩種神，我們稱前者為潘湼特（Penates），後者為拉利斯（Lares）。

在同一間房子裡，拉利斯不一定和拉利斯在一起，潘湼特也不一定和潘湼特同住：祂們互相拜訪，在灰泥粉刷的沿牆裝飾線上，在暖氣機的管線裡一同散步；祂們有時會爭吵；但是祂們也能好幾年都和平相處——看到祂們排成一列時，你會無法分辨祂們。

拉利斯認為潘涅特帶了各式各樣的出身和風俗穿牆而來；潘涅特則必須找個地方安頓自己，和居住在破落巨廈、渾身傲慢的顯赫拉利斯交往，或者和住在錫板搭建的簡陋小屋裡，善感又猜疑的拉利斯往來。

林德拉的真正本質，乃是無窮無盡的爭辯。即使是去年才搬來，潘涅特也相信祂們是城市的靈魂；而且相信當祂們搬遷時，是帶著林德拉一起走。拉利斯則認為潘涅特是過客，吵嚷不休，侵入地盤；真正的林德拉是屬於祂們的，林德拉將形式賦予包含其中的每件事物，這個林德拉在這些暴發戶抵達之前就已存在，而且在這些人全走了之後，還會留存下來。

這兩種神有一個共同點：不論家庭和城市發生什麼事，祂們總是批評不斷。潘涅特搬出老人、偉大的祖父母、偉大的姑媽，以及整個過去的家庭；拉利斯則談論被糟蹋之前的環境。但是，這並不是說祂們只活在記憶裡：祂們做著白日夢，想像小孩子長大之後會從事的行業（潘涅特），或者想像如果有良好管理的話，這一區的房子會變成什麼樣子（拉利斯）。你如果注意傾聽，尤其是在夜裡，你可以聽見祂們在林德拉的房子裡，不停地喃喃低語，打斷對方的話，吼叫、嘲弄，夾雜著譏諷、強抑的笑聲。

城市與死亡之一

在美拉尼亞（Melania），每次你走進廣場，就會發現自己置身對話之中：自誇的軍人和正從一扇門走出來的寄生食客，遇見了年輕的無業遊民和妓女；或者吝嗇的父親正在門檻上，對他多情的女兒提出最後的警告，卻被正要送短箋給斂財情婦的愚蠢僕人打斷。好幾年後你回到美拉尼亞，發現同樣的對話還在持續；這時候，寄生食客已經死了，斂財情婦和吝嗇父親也死了；但是自誇的軍人、多情的女兒，以及愚蠢的僕人取代了他們的位置，而他們原來的位置則由偽善者、密友和占星家取代。

美拉尼亞的人口會自我更新：對話的參與者一個接一個死去，將來會接替他們的位置的人也同時一一誕生，有人採取這個角色，有人採取那個角色。當某人改換角色，或是永遠離開了那個廣場，或是第一次進入廣場，就會引發一連串的變化，直到所有的角色都重新安排過；可是，此際氣憤的老人還是在回答機智的女僕，放高利貸的人還是不停地跟隨被剝奪了繼承權的青年，保母還是安慰繼女，即使他們都不再保有上個場景中的眼神和音調了。

有時候，一個人可能同時扮演了兩個或更多的角色——暴君、捐助人、使者——或者，一個角色可能被複製、增生，分派給成百成千個美拉尼亞的居民：有三千個偽善者，三萬個食客，還有十萬個王子淪落在下層階級，等待認祖歸宗。

隨著歲月流逝，角色也不再和以前完全一樣；當然，他們依照密謀而行，或是出其不意的行動，都會導向某種結局，即使情節愈益繁複，而且阻礙增加，還是繼續朝這個結局接近。如果你持續觀察這個廣場，你可以聽到對話如何從這一幕轉變到另一幕，可是美拉尼亞的居民壽命太短，無法理解這些轉變。

馬可波羅描述一座橋，一塊一塊石頭地仔細訴說。

「到底哪一塊才是支撐橋梁的石頭呢？」忽必烈大汗問道。

「這座橋不是由這塊或是那塊石頭支撐的，」馬可波羅回答：「而是由它們所形成的橋拱支撐。」

忽必烈大汗靜默不語，沉思。然後他說：「為什麼你跟我說這些石頭呢？我所關心的只有橋拱。」

馬可波羅回答：「沒有石頭就沒有橋拱了。」

Le città invisibili

Italo Calvino

6

「你曾經看過像這樣的城市嗎？」忽必烈問馬可波羅，他那戴了手環的手，正伸出皇家座艇的絲質罩篷，指點著橫跨在運河之上的橋梁，大理石門階浸在水裡的皇家宮殿，輕艇曲曲折折地迅速穿梭，撐著長篙，小船在市集廣場上卸下一籃籃的蔬菜，還有那些陽臺、平臺、圓頂、鐘塔，以及在灰色的湖面輝映著綠意的島上花園。

皇帝在他的外國貴賓的陪伴之下，正在訪視那已被滅亡的王朝的古都杭州，她是最後嵌上大汗皇冠的珍珠。

「不，陛下。」馬可波羅回答：「我從來沒有想像過會有這樣的城市存在。」

皇帝試圖窺視他的眼睛。這個外國人低垂了眼神。忽必烈整天都沉默不語。

日落之後，在皇宮的高臺上，馬可波羅向皇上詳述出使的結果。像往常一樣，忽必烈大汗半閉著眼睛，享受這些故事，做為一天的結束，直到他打了第一次呵欠：暗示一班隨從點燃火燭，引導皇帝到寢宮安眠。但是，這一回忽必烈似乎不願意向疲倦投降。

「告訴我另一個城市的故事。」他堅持著。

「……你出發後：在東北風和東北東風的吹襲下騎上三天……」馬可波羅繼續說著，一一列舉許多地方的名字、習俗和貨品。他的倉庫可以稱得上是無窮無盡，但是現在他不得不屈服了。破曉之際，他說：「陛下，我已經告訴您我所知道的一切城市了。」

「還有一座城市你從來沒有提過。」

馬可波羅低下了頭。

「威尼斯。」大汗說。

馬可波羅微笑了。「您認為我一直在向您報告的是一些其他的什麼東西嗎？」

皇帝絲毫不為所動。「但是我從來沒有聽見你提起那個名字。」

馬可波羅說：「每次我描述某個城市時，我其實是在說有關威尼斯的事情。」

「當我問你其他城市時，我想要聽的是有關這些城市的事。當我問威尼斯時，我要聽關於威尼斯的事。」

「為了要分辨其他城市的性質，我必須談論暗藏其後的第一個城市。對我而言，這個城市就是威尼斯。」

「那麼，你應該從出發點開始講你的旅行故事，如實地描述威尼斯，說一切有關她的事物，不要遺漏任何你記憶所及的事。」

湖面微微起了波紋；原本像銅鏡一般映照著的宋朝故宮，有如飄蕩的落葉一般晃漾開來，散發出閃耀的光芒。

「記憶中的形象，一旦在字詞中固定下來，就被抹除了。」馬可波羅說：「也許我害怕如果我提到的話，會一下子就失去了威尼斯。或許，我在提到其他城市時，我已經一點一點地失去了她。」

貿易的城市之五

在水之城艾斯瑪拉達（Esmeralda），運河網和街道網四處伸展，彼此交錯。從一個地方到另一個地方，你總是可以在陸行和船運之間做選擇：在艾斯瑪拉達兩地之間最短的距離並非一直線，而是在彎繞的替選路徑間分歧的曲折路線，因此，攤在每位過路客面前的路，絕對不只兩條，而是許多條，如果每一段路交替選用船行與陸運的話，那數目就更多了。

所以，艾斯瑪拉達的居民，就免於每天走同一條路的厭煩之苦了。事情還不止於此：路線網不是只有一層，而是在階梯、駐腳臺、拱橋、傾斜的街道之間上上下下。組合了這些或昇高或在地面的不同路線，每位居民每天都可以享受從一條新路抵達相同地方的樂趣。在艾斯瑪拉達，最為固定和冷靜的生活也不會有任何重複。

像其他地方一樣，祕密與冒險的生活在這裡受到比較大的限制。艾斯瑪拉達的貓、竊賊、偷情的戀人，沿著比較高的不連續路線前行，從屋頂跳到陽臺上，以特技表演的步伐，沿著屋簷的導水管行走。在下面，老鼠在黑暗的陰溝裡奔跑，緊跟著前一隻的尾巴，和謀反者與走私者在一起：他們從人孔和排水管向外偷窺，他們溜過雙層地板和壕溝，從一個藏身之處到另一個藏身之處，他們拖拉著乳酪的碎屑，走私貨物與桶裝的火藥，在被遍布的地下通道所穿透的緊密城市裡穿行。

艾斯瑪拉達的地圖，應該以不同的顏料標明所有的路線，包括陸地的與水上的，明顯的與隱祕的。要在地圖上將燕子的路線固定下來比較困難，牠們橫越屋頂上空，雙翼不動，畫下長長的隱形拋物線，俯衝而下，吞吃一隻蚊子，然後盤旋上昇，輕輕擦過一座尖塔，牠們的空中路線的任何一點，都支配了城市中的每一點。

城市與眼睛之四

當你抵達凡利斯（Phyllis）後，觀賞橫跨運河之上各式各樣的不同橋梁，你會樂在其中：拱型的、有遮蓋的、架在橋柱上的、架在平底船上的、懸吊的，以及有紋飾欄杆的。向下探視街道的窗戶，也是繁複多樣：直櫺的、摩爾人式的、尖頂拱的、尖頭的、裝置了弧面窗的，或是有薔薇花飾染色玻璃的；地上的鋪面也有許多種：小圓石、石板、碎石、藍色與白色的地磚。這個城市的每個地點，都會在你的視野裡展現驚奇：從堡壘牆上突出一叢續隨子灌木，座臺上立著三個皇后的雕像，洋葱形的圓頂附帶了三座較小的盤繞塔尖的洋葱形圓頂。「每天都能見到凡利斯，不停地看著包容其中的事物的人，一定非常快樂！」你不禁如此驚呼，為了即將離開這座城市，卻還沒來得及匆匆一瞥而感到惋惜。

如果你必須在凡利斯停留，在那裡度過餘生，事情就完全不一樣了。很快地，城市在你眼前消退淡去，薔薇花窗消失不見，座臺上的雕像、圓頂也都不見了。就像凡利斯的所有居民一樣，你曲曲折折地從一條街走到另一條街，你從陰影的斑紋分辨出陽光的斑紋，一扇門在這裡，一座樓梯在那裡，一張你可以放下籃子的長椅，以及一個你如果不小心就會跌倒的坑洞。城市的其他部分都看不見了。凡利斯是個空間，路線連結了懸在半空中的各點：到達某個商人帳篷的最短距離，避開某個債主的窗戶。你的腳步所跟隨的不是眼睛之外的東西，而是眼睛之內的，被埋藏、抹去了的東西。如果在兩座拱廊之間，某個人看起來還滿心愉悅，那是因為三十年前有個女孩走過那裡，擺著寬大繡花的衣袖，或者，這只不過是因為這座拱廊在某個時刻裡光輝充盈，宛若另一座你已經忘記在哪裡的拱廊。

數百萬雙眼睛向上望著窗戶、橋梁、續隨子，可是他們看見的也許只是一張白紙。有許多城市像凡利斯一樣，閃躲了一切凝視，只逃不過那以驚奇觀賞的眼睛。

城市與名字之三

長久以來，比荷（Pyrrha）對我而言是個堡壘環伺，位居海灣斜坡上的城市，有著高直的窗戶和高塔，像高腳杯一樣封閉，有個像井一般深的中央廣場，它的中央真有一個井。我從來沒有見過這座城市。它是我從來沒有去過的許多城市之一，透過它們的名字，我一一召喚這些城市：優芙拉希亞（Euphrasia）、歐狄里（Odile）、瑪格拉（Margara）、格特里亞（Getullia）。比荷也列席其中，和它們有所不同，也和它們有相似之處，心靈之眼永遠不會弄混了。

終於有一天，我的旅途引領我到達了比荷。我一踏上那裡，我曾經想像過的每件事物都被遺忘了；比荷已經變成了現在的比荷；而且，我認為我一直知道從城市這頭看不到海，它隱身在低矮起伏的海岸沙丘之後；街道又長又直；房屋之間有樹叢隔開，不高，而且房屋之間隔著空地，有成堆的木材和鋸木廠；而風吹動了抽水機的葉片。從那個時刻起，一想起比荷這個名字，這樣的景象、這種光亮、這種嗡嗡聲、這種淡黃色的塵土飛揚的氣息，就進入我的心靈：顯然這個名字的意義就是如此，而且不會有其他意義。

我的心靈繼續包容許多我從未見過，未來也不會見到的城市，這些名字承載了某個想像形象的樣貌或斷片或微光：格特里亞、歐狄里、優芙拉希亞、瑪格拉。高矗在海灣之上的城市還是在那裡，廣場環繞著深井，但是我再也不能給它一個名字，也不記得我如何曾經能夠給它一個意涵了完全不一樣事物的名字。

城市與死亡之二

在我所有的旅行裡，從來沒有像在阿達瑪（Adelma）一樣涉險深入那麼遠。我上岸時正逢黃昏。碼頭上，那個抓住纜繩，將它綁在繫船柱上的水手，神似一個以前和我一起從軍，已經死去的人。那時候是魚貨批發市場的交易時刻。有個老人正將一簍海膽裝上貨車；我想我認出了他；當我回過身時，他已經消失在巷弄裡，但是我明白了他像一個在我孩提時代就已經很老的漁夫，現在不可能還在人世。我見到一個熱病患者在地上縮成一團，頭上纏著毛毯，這讓我十分沮喪：我的父親在去世前幾天，也有像這個人一樣的黃眼睛和長鬍鬚。我將眼光移開，再也不敢看任何人的臉龐。

我這麼想：「如果阿達瑪是一個我在夢中見到的城市，在其中只會見到死去的人，這個夢真嚇到我了。如果阿達瑪是個真實的城市，住著活生生的人，我只要持續地看著他們，那麼這些相似之處就會消失，陌生的臉孔就會出現，還帶著怒氣。無論是哪一種情況，我最好是不要繼續注視他們。」

一個賣菜的小販在秤盤上秤量一棵甘藍菜，然後將它放入女孩從陽臺上垂下來吊在細繩上搖搖晃晃的籃子裡。這個女孩和我故鄉村中為愛發瘋，後來自殺的女孩一模一樣。賣菜的小販抬起頭：她是我的祖母。

我想：「你已經到達生命中的一個階段，現在你所認識的人裡，死人已經比活人還多。而且心靈已經拒絕接受更多的面孔，更多的表情：在你所遇到的每張新臉孔上，都印上了舊的樣式，每張臉孔都配上了最合適的面具。」

裝卸工成列地爬上階梯，彎腰扛著大罈和木桶；他們的臉藏在粗麻布頭巾底下：「現在，他們會直起腰，而我將認出他們。」我這麼想著，既不耐煩又很恐懼。但是，我無法將視線從他們身上移開；如果我將眼光稍稍移向擁擠在狹窄街道上的人群，我會遭遇未曾期待的臉孔的詰問，而且會從遙遠的地方再次出現，注視著我，好像要求我去辨認，好像要辨認出我是誰，好像他們已經認出我是誰了。也許，對他們每個人而言，我也長得像某個已經死去的人。我才剛剛抵達阿達瑪，卻已經成為其中的一員，我已經跨過去，到了他們那邊，被吸入那眼睛、皺紋、鬼臉的萬花筒裡。

我想：「也許，阿達瑪是你將死之際到達的城市，在這裡每個人都再次發現他曾經認識的人。這意味著我也已經死了。」我也想：「這意味著彼世並不快樂。」

城市與天空之一

優鐸希亞（Eudoxia）向上、向下伸展擴張，有彎繞的小巷、階梯、死路、小屋，有一張地毯保存下來，你可以從中觀察城市的真正面貌。看第一眼時，地毯的設計一點也不像優鐸希亞，圖樣的設計對稱，花案沿著直線與曲線反覆，交織了燦爛的彩色螺紋，整張地毯都遵循著這種反覆圖案織出。但是如果你稍事停留，仔細地檢查，你就會相信地毯的每一處都相應了城市的某個地方，城市裡包容的每樣事物，都包含在圖案裡，而且根據它們的真實關係來安排，由於匆忙、人多和擁擠，你的目光受到干擾，平常無法看清這些關係。優鐸希亞的一切混亂，騾子的嘶叫、煤油燈的汙漬，以及魚腥味，是你所能掌握的不完全觀點裡，比較明顯的部分；但是，地毯證明了城市裡有一個地點，可以展現城市的真實比例，展示蘊藏在最細微的每個部分裡的幾何架構。

在優鐸希亞很容易迷失：可是當你集中精神注視著地毯，你可以在一條深紅色或靛青色或紫紅色的線裡，認出你正在尋找的街道，而在迴繞了一大圈之後，引向紫色的收束，那正是你真正的目的地。優鐸希亞的每位居民，都拿地毯不變的秩序來和自己的城市意象、自己的痛苦比較，每個人都能夠在錯綜的圖飾裡，發現隱藏其間的一個答案、自己的生命故事，以及命運的交纏迴繞。

像地毯和城市這麼不同的兩種東西，居然有如此神祕的聯繫，有人因此求取神諭。神諭回答：這兩種東西之一，具有如同諸神賦予星空與這個世界的周轉軌道的形式；另一樣東西，就像所有人類的創造物一樣，只是近似的模仿。

有一陣子，占兆者確信地毯協調的圖案有其神聖的起源。神諭就依這個意思來解釋，沒有引起爭議。但是，你同樣可以推測相反的結論：宇宙的真正地圖即是優鐸希亞城，就像這座城市一樣，有著四處擴展、沒有定形的汙漬，彎曲的街道，黑暗裡，在一陣灰塵、火光、水流中，房屋相互推擠、一一崩毀。

「……所以，你的旅行其實是記憶之旅！」大汗總是耳尖，每次在馬可波羅的言語間捕捉到嘆息的跡象時，就從他的吊床上坐起。他會喊道：「你走了這麼遠，只是為了卸除懷鄉的重擔！」，或者他會說：「你航行歸來，只載回一整船的悔恨！」他還諷刺地加上一句：「老實說，對西瑞尼西瑪的商人而言，這真是很不划算的交易！」

忽必烈關於過去與未來的問題的箭靶都在於此。有好一陣子，他一直玩弄，就像貓捉弄老鼠一樣，最後，他將馬可波羅逼到牆邊，攻擊他，用膝蓋頂他的胸，揪住他的鬍子：「我想從你那裡聽到的是：坦白承認你走私了些什麼東西：憂鬱的心情、優容的心態、悲歌！」

這些字句和動作也許只是幻象，因為這兩個人靜默不動，望著從他們的煙斗冉冉升起的輕煙。有時一縷輕風吹來，煙雲便散去，否則，煙霧就停留在半空中；而答案就在煙霧裡。當呼氣帶走了煙團，馬可波羅想到籠罩了廣袤海洋和連綿山陵的霧氣在消散之後，留下乾爽清澄的空氣，遙遠的城市昭現眼前。他的眼神想要穿透多變的心情之幕，落在他處事物的輪廓在隔了一段距離時，比較能夠辨識清楚。

有時煙界盤繞不去：幾乎不離雙唇，既濃密又沉緩，暗示了另一種景象：懸在都市屋簷上的蒸汽、凝聚不散的濃霧、燒煤的街道上揮之不去的毒氣。不是雙唇吐出的記憶之霧，也不是乾爽的透明清澄，而是火炙生命的焦痕，形成了城市的傷疤；海綿脹大，裡頭裝滿了不再游動的生物，過去、現在與未來的凝膠，阻滯了存在、僵固了生命，卻恍若還在動作：你在旅途終點所發現的，就是這些。

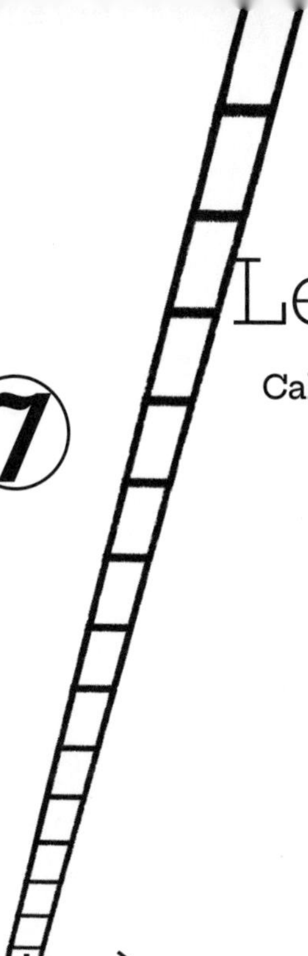

Le città invisibili

Italo Calvino

忽必烈：我不知道你怎麼有時間去遊歷你向我描述的所有國度。在我看來，你根本就沒有離開過這個花園。

馬可波羅：在心靈空間裡，我所見的每樣事物都有意義，像這裡一樣，那裡由寧靜統治，同樣的濃淡交錯的陰影，相同的樹葉沙沙聲，劃過寂靜。當我聚精會神凝想的時候，我總是再次發現自己置身這個花園，在夜晚的此刻，面對著您威嚴的容顏，雖然此際我未曾片刻停息：繼續沿著滿布綠色鱷魚的河流上行，或者繼續數著放下貨艙的桶裝鹹魚。

忽必烈：我也不確定自己是不是在這兒，在斑岩的噴泉之間漫步，傾聽拍水的回聲，而不是騎在軍隊前頭，身上結了汗漬與血塊：征服你將要描述的土地，或者在被圍攻的堡壘上，砍斷攀上城頭的敵軍手指。

馬可波羅：也許，這個花園只存在於我們下垂眼皮的陰影裡：而我們從未停步：你一直在戰場上掀起塵土；而我在遙遠的市集上講價：購買成袋的胡椒。但是，每當我們半閉著眼時，即使身處喧嘩和群眾之中，我們總是能夠抽身來到這裡，穿著絲製的寬鬆和服，思考我們的所見與生活，歸引結論，從遠處沉思默想。

忽必烈：也許我們之間的對話，是發生在兩個綽號為忽必烈汗與馬可波羅的乞丐之間；他們正在垃圾堆裡挑揀，囤積生鏽的破爛東西、破布、廢紙；啜飲幾口劣酒之後，他們醉了，見到東方的所有寶藏，在他們四周閃爍。

馬可波羅：也許，這個世界所剩只有滿是垃圾堆的荒原，以及大汗皇宮裡的高處花園。區分它們的乃是我們的眼瞼，但是我們不知道哪個在外頭，哪個在裡面。

城市與眼睛之五

當你涉水渡過河流，通過山陵的隘口，你會突然發現摩里安那（Moriana）城出現在面前，雪花石膏的城門，在陽光下顯得晶亮透明，珊瑚圓柱支撐著鑲嵌著蛇紋石的山形牆，別墅都以玻璃造成，像水族館一樣，披著銀色亮片的跳舞女郎的身影，在蛇髮女妖狀的枝型吊燈底下穿游。如果這趟不是你的初旅，你已經知道像這樣的城市，會有相反的一面：你只要走個半圈，就會見到摩里安那潛藏的一面：散布廣闊、滿是鏽蝕的金屬平板，粗麻製的懺悔服，尖釘林立的厚板，被油煙薰黑的煙囪，成堆的馬口鐵罐頭，被斑駁符號遮蓋的牆，草編椅子的框架，以及只能用來將自己吊在腐朽梁木上的繩子。

從一個部分到另一個部分，依照透視的法則，這座城市似乎只是繼續增加它的影像存貨：但是相反地，它沒有厚度，只由正面和反面組成，就像一張紙，兩面都畫了圖形，它們無法分離，卻也不能相視。

城市與名字之四

榮耀之城克雷利斯（Clarice），有一段受盡折磨的歷史。它衰落了好幾次，又再度繁盛，但總是以最初的克雷利斯，做為無可比擬的光輝壯麗的模範，相形之下，城市的現況只能在每次星光隱沒時，引起更多的歎息。

在衰敗的幾個世紀裡，由於瘟疫侵襲，克雷利斯幾成空城，梁木與飛簷倒塌，地層滑動，樓臺不復往昔的高聳，由於遺忘或缺乏維修而生鏽堵塞了。之後，倖存者從地下室和洞穴中出現，成群結隊，像老鼠一樣群聚在一起，被翻尋齧咬的狂暴驅使，但也從事收集和修補，像做巢的鳥一樣，於是這座城市漸漸恢復人煙。他們從各地撿拾一切物品，擺放在另一個地方，滿足不同的用途：織錦窗帘最後成了被單；在大理石的骨灰罈裡種紫蘇；從閨房窗戶拆下的鍛鐵柵欄，用來在焚燒嵌花木料的火堆上燒烤貓肉。將無用的克雷利斯的奇怪破片拼湊在一起，倖存者的克雷利斯便逐漸成形，全都是簡陋的小屋和棚舍、腐臭的陰溝、兔子籠。然而，克雷利斯往昔的光輝物品幾乎無一漏失：它們都還在那裡，只是以不同的方式排列，而且和以前一樣合於居民的需要。

窮苦的日子之後是比較歡樂的時光：華麗如蝴蝶的克雷利斯，從鄙陋如蛹的克雷利斯中昇起。新興的富裕，使得城市滿溢著新原料、建築和物品；新的移民成群地從外地進來；這些東西、這些人，和以前的克雷利斯或克雷利斯們，都沒有任何關係。新城市越是得意洋洋地進佔最初的克雷利斯的地盤與名號，它越察覺自己遠離了最初的克雷利斯，而且破壞的速度，不比鼠輩與黴菌慢。即使享有新財富的驕傲，這座城市的心底深處，還是覺得自己不相稱，是外人，是篡奪者。

這時候，那些轉用在隱晦微賤之處，因而存留下來的昔日繁華碎片，再次被發掘出來。它們現在保存在鐘型的玻璃罩裡，鎖在展示箱，擺在絲絨墊上，這不是因為它們還有什麼用處，而是眾人想要藉由這些碎片，來重構一座現在已經無人知曉的城市。

更多的衰敗、更多的興盛在克雷利斯一一交替。人口和習俗改變了許多次；名字、地點和物品幾乎沒有留存下來。每個新克雷利斯，像生物一般緊密結實，有它的氣味和呼吸，像珠寶一樣展現光采，古代克雷利斯的遺物，則破碎四散，一片死寂。沒有人知道科林斯式的柱頭，是在什麼時候安放在柱頂上：只有一個柱頭還有人記得，因為好幾年來，它在養雞場支撐了母雞下蛋的籃子，然後它被移置到柱頭博物館，和收藏的其他標本排列在一起。時代承繼的順序已經遺失了；大家都相信存在有最初的克雷利斯，但是沒有證據支持。柱頭在神殿以前，可能是在養雞場，大理石骨灰磚在裝死人骨骸前，可能先種了紫蘇。只有一件事是確定的：一定數量的物品在一定的空間裡移轉，有時候被一定量的新物品埋沒，有時候損耗殆盡而沒有遞補；而規則是每回弄混一次，然後嘗試重排。也許克雷利斯一直只是虛華無用的小碎片雜混一堆，分類混亂不清，過時而陳舊。

城市與死亡之三

沒有其他城市比優薩匹亞（Eusapia）更傾向於享受生命而躲避憂慮了。為了使從生命到死亡的跳躍不致過於陡峭，居民造了一座和他們的城市完全一樣的翻版地下城。所有的屍體在乾燥處理後，骨架僅僅包覆著枯黃的皮膚，就運送到下面，繼續他們先前的活動。而且在這些活動裡，他們生前最不煩憂的片刻是最優先的選擇：大部分的屍體是圍坐在豐盛的桌前，或是擺放成舞蹈的姿勢，或者在吹奏小喇叭。但是活人的優薩匹亞的所有貿易和行業，在地底也有，至少有那些活人從事時，感覺滿意甚於憂煩的行業：鐘錶製造商，置身店中所有停止的時鐘之間，將他羊皮紙般的耳朵貼在一隻走差了的老爺鐘上；一個理髮師正在用乾毛刷在練習角色的演員顴骨上抹泡沫，演員則用空洞的眼窩研讀劇本；一個有著微笑骷髏頭的女孩，正在替小牝牛擠乳。

當然，有很多活人希望死後有不同的命運：於是墓地裡滿是追捕大獵物的獵人、次女高音、銀行家、小提琴家、公爵夫人、高級妓女、將軍——遠比活人城市能容納的還多。

在底下伴隨死人和安排他們所希望的位置的工作，由戴頭巾的兄弟會社擔任。其他人都沒有進過死人的優薩匹亞，一切有關的事情，也是從這群人那裡聽來的。

他們說，在死人群中也有同樣的會社，而且從來不會不伸出援手幫忙；這些戴頭巾的成員死後，會在另一個優薩匹亞從事相同的工作；有謠言傳說其中有一些人已經死了，但是繼續上上下下。無論如何，這個會社在活人的優薩匹亞裡有很大權威。

他們說，每次到下面去時，都會發現底下的優薩匹亞有一些變化，死人在他們的城市裡有所創新；改變不多，但確實是冷靜深思的結果，而非突發奇想。他們說，在一年的時間裡，死人的優薩匹亞就認不出來了。而活人為了跟上死人的腳步，也想要做戴頭巾的兄弟會員所說的死人的一切創新事物。因此，活人的優薩匹亞開始模仿它在地下的翻版。

據說這種做法其實不是現在才開始的：事實上，是死人依照他們的城市景象，建造了地面的優薩匹亞。據說，在這座雙子城裡，已經沒有辦法分辨誰是活人，誰是死人。

城市與天空之二

在比希巴（Beersheba）有這樣的信仰流傳：有另一個比希巴懸在天上，城市最崇高的德性與情感都位居那兒，如果地上的比希巴以天上的比希巴為典範，兩座城市就會合而為一。傳說中的景象是一座純金之城，有銀製的鎖和鑽石門，可以說是一座寶石城，全部是細緻的鑲嵌，是在最珍貴的材料上殫精竭慮、費力費神的成果。比希巴的居民對這個信仰篤信不疑，他們崇敬一切讓他們想起天上城市的事物：他們收集貴重金屬和珍奇寶石，他們棄絕一切轉瞬即逝的奢侈縱欲，他們發展出各種鎮靜沉著的樣態。

這些居民也相信地底有另一個比希巴，是會發生在他們身上的一切低劣無用事物的貯藏所，時時刻刻，他們謹慎地從眼前的比希巴，抹去任何與地下的比希巴的關聯或相似之處。他們想像在地底的比希巴，垃圾桶翻倒在屋頂上，傾洩出乾酪皮、油汙的紙張、魚鱗、洗碗水、吃剩的義大利麵，以及舊繃帶。甚至倒出來的東西又黑又黏稠，像是從陰溝倒出的瀝青，是人類胃腸的延伸，從一個黑洞流到另一個黑洞，直到它潑濺在最底層的地下室地板上，而且從底下緩慢圈繞的泡沫開始，一層一層地，昇起一座糞便滓渣城，有著螺旋狀的尖頂。

在比希巴的信仰裡，有真實的部分，也有錯誤。這座城市的確伴有兩個自身的投影，一個在天上，一個在地獄；但是關於它們之間的一致性，居民卻弄錯了。在比希巴最深的地底醞釀的地獄，是由最具權威的建築師設計的城市，用市面上最貴重的材料建造，採用了各種設計和機械和齒輪系統，所有的管線與槓桿上都裝飾了流蘇、縫邊和緣飾。

為了堆積它完美的純度，比希巴將填滿自身的空洞視為美德，但現在這已經成為嚴酷的顛狂；這座城市不知道它慷慨拋棄的唯一時刻，是那些它脫離自身的時候，是當它放手、伸展的時候。在比希巴的天頂，沉積了一個閃耀著城市所有財富的天體，圈圍在丟棄物品的寶藏裡：那是一個飄浮著馬鈴薯皮、破傘、舊襪子、糖果紙的行星，鋪著電車票、剪下的指甲屑和硬皮、蛋殼。這就是天上的城市，長尾的彗星掃過天際，它是由於比希巴市民唯一感到自在快樂的動作，而被釋放出來，在天空中運轉。比希巴是一個只有在排便時，才不吝嗇、算計與貪婪的城市。

連綿的城市之一

李奧尼亞（Leonia）城每天都重新塑造自己的風貌：每天早晨，大家在新鋪的床單上醒來，用剛拆封的肥皀梳洗，穿上全新的衣裳，從最時新的冰箱裡拿出未開的罐頭，收聽最先進的收音機播放最新樂曲。

人行道旁，李奧尼亞的昨日殘餘已經裝入潔淨的塑膠袋，等待垃圾車來清運。裡頭不僅僅有擠壓過的牙膏管、燒壞的燈泡、報紙、容器、包裝紙，也有鍋子、百科全書、鋼琴、瓷製餐具等等。要估量李奧尼亞的富裕，不是去瞧瞧每天製造、買進賣出了多少東西，而是看看每天丟掉了多少東西，以便騰出地方給新的物品。所以，你會開始懷疑，李奧尼亞居民的真正熱情，是否真如他們所說的，是在享受新奇與不同的物品，而不是在驅散、拋棄、清掃自身不斷重現的不潔時，才獲得歡樂。事實是清道夫像天使一樣受到歡迎，他們清理昨日的殘餘時，都受到靜默的尊敬環繞，有如虔誠的儀式，也許這只不過是因為一旦東西被丟棄，就沒有人要再去想它了。

沒有人尋思清道夫每天都把垃圾搬到哪裡。當然，是搬到城外去了；但是這座城市年年擴張，清道夫必須將垃圾倒在更遠的地方。運出去的垃圾量越來越多，垃圾堆也越來越高，層層堆疊，圍繞著城市，延伸廣遠。此外，李奧尼亞製造新產品的才藝越純熟，垃圾的品質也就越好，經久不腐，不會分解、發酵與燃燒。因此，一座難以摧毀的廢物城堡包圍了李奧尼亞，佔住了每個方向，像相連的山脈一般。

結果是這樣：李奧尼亞拋棄的物品越多，也就堆積得越多；它過去的鱗片，被焊接成一塊無法移除的胸甲。城市每天更新，它卻在唯一固定的形式中保存它自身的一切：昨日的垃圾堆積在前天的垃圾上，也堆積在過去的日子與歲月的垃圾上。

如果在無邊的垃圾堆的最後一座山頂外頭，也將垃圾山往外堆積的其他城市的清道夫沒有推擠的話，李奧尼亞的垃圾便會一點一滴地進佔世界。也許，在李奧尼亞的疆界之外，整個世界都是垃圾火山口，每個都環繞著一個不斷噴發的大都會。這些陌生而敵對的城市之間的疆界，是受到病菌感染的壁壘，彼此的碎屑相互支撐、重疊與混雜。

垃圾堆得越高，越有崩塌的危險：一個鐵罐，一個舊輪胎，一個鬆脫了的酒瓶，如果朝著李奧尼亞滾去，都足以牽動一場山崩，配不成對的鞋子、陳年的舊月曆、枯萎的花等等都傾洩而下，將城市埋葬在自己的過去底下，而這些正是它一直想丟棄卻徒勞無功的垃圾，還混雜了鄰城的過往陳跡，而鄰城也因此終於乾淨了。一次大災難就會削平汙穢的山丘地區，將一個總是穿著新衣的城市抹除，不留一絲痕跡。鄰近的城市都已經準備好了，等著用推土機將整個地區劃平，推進到新的地盤，繼續擴張，驅使新的清道夫往外走到更遠的地方。

馬可波羅……也許這個花園的高臺，只能俯看我們的心湖……

忽必烈……而且，無論我們身為戰士或商人的勞苦事業將我們帶得多遠，我們兩個都在心中藏著這片寂靜陰影，這段暫止的談話，這個總是相同的夜晚。

馬可波羅：除非相反的假設也是對的：那些在營帳與港口奮鬥的人，只是因為我們想到他們而存在，而在此處的我們，被竹籬圍繞，自有時間以來就靜止不動。

忽必烈：除非辛勞、呼喊、傷痛、臭味都不存在；只有這些杜鵑花叢存在。

馬可波羅：除非搬運工、石匠、撿破爛的人、拔除雞毛的廚子、彎腰在石板上洗刷的洗衣婦、攪拌米飯餵養嬰孩的母親，都只有在我們想到他們時才存在。

忽必烈：老實說，我從來沒有想過他們。

馬可波羅：那麼，他們就不存在。

忽必烈：對我而言，這樣的推測似乎與我們的意圖不合。沒有他們，我們永遠不可能在這裡搖晃，沉陷在吊床裡。

馬可波羅：那麼這個假設就要丟棄。而另一個假設便是真的：他們存在，但我們不存在。

忽必烈：我們已經證明了如果我們是在這兒，我們就不存在。

馬可波羅：而事實上，我們是在這兒。

⑧

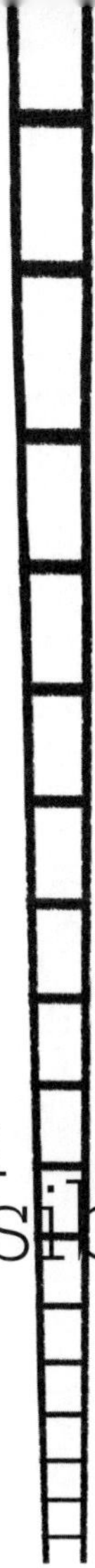

Le città invisibili

Italo Calvino

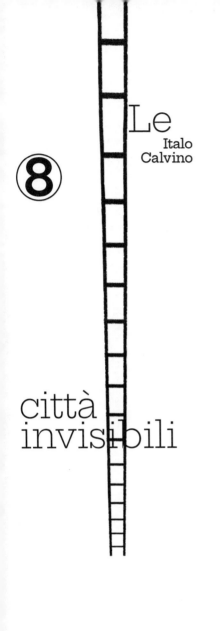

馬嘉里卡陶瓷的鋪面，從大汗寶座底下一直延伸出去。無言的報告者馬可波羅，正在上面擺放他從帝國邊疆之旅帶回來的物品樣本：一個頭盔、一個海螺，一顆椰子，以及一把扇子。這位使者在黑白相間的瓷磚上，安排物品的次序：偶爾在深思之後，移動某些物品，他試圖藉此在君王的眼前描述旅途的過程、帝國的狀況：以及偏遠省分首長的特權。

忽必烈是個下棋高手；他依循馬可波羅的移動，觀察出某些物品包含或排除了另一個物品的接近，而且依照一定的路線移動。倘若不顧這些物品的不同形狀，他可以掌握在馬嘉里卡陶瓷地板上，物品互相對應安排的系統。他想：「如果每座城市就像是一盤棋，等到我學會規則的那天，即使我絕對無法知悉帝國的每一座城市，我終究還是能夠擁有我的帝國。」

事實上，馬可波羅利用全部的小玩意來說明，也是徒勞無功：一個棋盤和一組棋子就足夠了。每個棋子依序有一個特定的意義：一個武士可以代表一個真正的騎馬者，或者代表轎式大馬車的行進，或者行軍中的行伍，或是一個騎馬像的紀念碑；一個皇后可能是從她的陽臺向下探望的淑女、一座噴泉、有尖頂的教堂，或是一株榲桲樹。

最後一次出使回來後，馬可波羅發現大汗坐在一個棋盤上等他。他示意邀請威尼斯人坐在他的對面，並且只借助棋子來描述他曾經到訪的城市。馬可波羅並不灰心。大汗的棋子由巨大磨光的象牙製成：在棋盤上排列森然的城堡、陰沉的武士、成群列隊的兵卒，畫出像是皇后行進的筆直或偏斜大道，馬可波羅重新創造了在月光輝照的夜裡，黑白城市的景象與空間。

凝想這些抽煉後的風景，忽必烈思索著維繫城市的看不見法則，思索那些規定城市如何興起、成形與繁盛，如何適應四季變化，以及如何變得暗淡，終致傾頹在廢墟之中的法則。有時候，他認為自己站在發現的邊緣，知悉了無窮的變形與雜亂底下，一致且協諧的系統，但是，沒有任何模型可以和棋藝相比。也許，不要絞盡腦汁去思索象牙棋子所代表的景象，那不會有多少幫助，而且注定會毀滅，只要按照規則下一盤棋就夠了：並且將棋盤上相繼的每個狀態，當成是由樣式的系統所組合與摧毀的無數樣式之一。

現在，忽必烈大汗不必再派遣馬可波羅從事遙遠的探險了：他要他不停地下棋。帝國的知識，就隱藏在武士的斜角移動、主教進襲所開闢的對角通道、國王和卑微的小兵笨重又謹慎的挪移，以及每一盤棋都無法改變的上下移動所劃出的模式裡。

大汗企圖集中心神看棋：但現在令他困惑的是棋賽的目的。每盤棋最終都有輸贏：但是輸贏了什麼東西？真正的賭注是什麼？將軍的時候，在被勝者擊倒的國王腳下，黑色或白色的方格還在。藉由將他的征討抽象化，將之化約到抽煉的精髓，忽必烈抵達了最極端的軍事行動：確定不移的征服，相形之下，帝國各式各樣的寶藏，只是宛如幻影一般包被在外。這種征服被化約為棋盤上的一塊方格：空無……。

城市與名字之五

艾雷尼（Irene）是你在天光初現時，從高原的邊緣向下探望可以見到的城市。在清澈的空氣裡，可以辨明這個聚落的精華，在遙遠的下方展布開來：在窗戶比較集中的地方，在昏黃巷弄裡隱約的地方，在花園陰影匯聚的地方，在矗立著高塔烽火的地方；如果夜裡有霧，一團朦朧的光輝，就像乳白多汁的海綿一樣，在山谷下膨脹。

高原上的旅者，驅趕羊群的牧羊人，守望著鳥巢的捕鳥人，採集青蔬的隱士：大家都朝下探望，談論艾雷尼。有時候，風會帶來一陣低音鼓和喇叭的樂聲，節慶裡煙火表演的鞭砲劈啪響聲；有時候是槍砲聲，火藥庫爆炸的火光照亮了內戰的烽火。在高處探望的人，推測城市裡發生了什麼事；他們猜想那個夜晚身處艾雷尼是愉快還是悲傷。他們並沒有任何意圖要下去那裡（無論如何，蜿蜒下到谷底的路太差了），只是艾雷尼對那些留在上面的人而言，是個吸引目光與思想的磁鐵。

這時候，忽必烈大汗期待馬可波羅談一談從內部看艾雷尼是什麼樣子。但是馬可波羅做不到：他沒有找到高原上的人稱為艾雷尼的城市。就此而言，這卻是無關緊要：如果你看到了艾雷尼，站在它的中央，它會是一個不同的城市；艾雷尼是遙遠城市的名字，如果你接近它，它就變了。

對那些經過卻沒有進入的人而言，這座城市是一個樣子；對那些深陷其中，不再離開的人，則是另一個樣子。你第一次到達時，有一個城市；你離開而且永不歸來時，又有另一個城市。每個城市都值得一個不同的名字；也許我已經以其他的名字說過了艾雷尼；也許我所說的都是艾雷尼。

城市與死亡之四

阿吉亞（Argia）和其他城市不同的地方，是它以泥土代替了空氣。街道完全填滿了泥土，黏土塞滿了房間，直抵天花板，每座樓梯上都有另一座相反的樓梯與之相合，房子的屋頂上，浮著一層層的岩石地形，就像是滿布雲彩的天空。我們不曉得居民是不是能夠在城市中移動，撐開蟲行的隧道與樹根盤結的隙縫：濕氣毀了居民的身體，他們沒有什麼力氣；每個人最好都靜止不動，面朝下俯臥著，無論如何，那裡十分黑暗。

在地面上，看不見任何阿吉亞的跡象；有人說，「就在那底下。」我們也只能相信他們，這個地方荒廢了。在夜裡，你的耳朵貼在地面，你偶爾可以聽到用力關門的聲音。

城市與天空之三

那些抵達席克拉（Thekla）的人，只能看到一點點城市的雛形，在木板圍籬後，有粗麻製的遮幕、鷹架、金屬製的補強料、吊在繩索上或鋸木架支撐的甬道、梯子、枱架等等。如果你問：「為什麼建造席克拉要花這麼久的時間？」居民會一面繼續吊升麻袋、降下加鉛條的細索、上下移動長刷，一面回答：「這樣子就無法開始破壞它。」如果你問他們，是否害怕一旦移走了鷹架，這座城市就會開始傾倒，成為碎片，他們便匆忙而且小聲地加上一句：「不是只有這座城市會這樣。」

如果有人不滿意這個答案，將眼睛貼在圍籬的裂縫上，他會見到起重機吊起其他的起重機，鷹架圍繞著其他鷹架，橫梁支撐著其他橫梁。「你們的建造有什麼意義？」他會問：「除非這將會成為一座城市，否則一座建造中的城市的目標是什麼？你們所依據的計畫在哪裡，藍圖何在？」

「一旦工作天結束了，我們就會讓你看；我們現在無法中斷工作。」他們這樣回答。

日落時，停工了，黑暗降臨了建築工地。天空滿布星子。「那就是藍圖。」他們說。

連綿的城市之二

如果我抵達楚德（Trude）時，沒有見到城市的名字用大寫字母標明，我可能會認為我降落在起飛的同一個機場了。我所經過的郊區和其他郊區沒有什麼差別，都是窄小的淺綠與淡黃色的房子。跟隨著同樣的標誌，我們轉過相同的街區的相同花床。市區的街道展示著一點也沒有改變的貨品、包裝和招牌。這是我第一次來到楚德，但是我已經認識我湊巧下榻的旅館；我已經聽過，而且說著我和器材買賣者的對話；我以相同的方式結束一天，透過相同的高腳酒杯，看著一樣搖擺著的肚臍。

為什麼要來楚德？我問自己，我已經想要離開了。

「你可以在任何時候恢復你的班機。」他們這麼告訴我：「但是你將會抵達另一個楚德，完全一樣，每個細節都不差。整個世界都被獨一無二的楚德所覆蓋，無始無終。只有機場的名字不一樣。」

隱匿的城市之一

在歐林達（Olinda），如果你帶著一個放大鏡出門，仔細搜尋，你會在某處發現一個不比針尖大的小點。如果你稍微放大了看它，就會看見屋頂、天線、花園、水池、街道上飄揚的旗旛、廣場上的土耳其式涼亭，以及跑馬場。這個小點不會停留在那裡：一年後，你會發現它像半個檸檬那麼大，然後像香菇一樣大，然後是像個湯盤。最後，它成為一個一比一的城市，包含在原來的城市裡：這個新城市在原來的城市裡，開闢出自己的地盤，將舊城市推擠到外頭。

歐林達當然不是唯一以同心圓方式成長的城市，就像樹幹每年多加一圈年輪那樣。但是在其他城市，市中心還保留了又舊又窄的城牆圍帶，凋謝了的尖塔正是從那裡昇起，高塔、鋪瓦的屋頂、圓頂都在那裡，而新的街區像條鬆弛的腰帶一般，從那裡向四周擴展蔓延出去。歐林達不是這樣：舊城牆連帶著舊的街區，一起擴張變大，在城市邊緣更廣大的地表上，維持著原有的比例；它們環繞著比較新的街區，而這些較新的街區也在邊緣成長，而且變得更薄，以便騰出空間，讓給正在向外擠壓的更新的地區；依此，一環一環，直到城市的核心，有一個全新的歐林達，縮小了尺寸，但是保有最初的歐林達，以及所有依次從中開展的歐林達的特色和淋巴液流動；而在最內圈裡，雖然很難辨認清楚，已經有下一個歐林達，以及那些會在其後生長出來的歐林達正在開展。

大汗企圖集中心神看棋：但現在令他困惑的是棋賽的理由。每盤棋最終都有輸贏：但是輸贏了什麼東西？真正的賭注是什麼？將軍的時候，在被勝者擊倒的國王腳下，只留下空無：黑色或白色的方格。藉由將他的征討抽象化，將之化約到抽煉的精髓，忽必烈抵達了最極端的軍事行動：確定不移的征服，相形之下，帝國各式各樣的寶藏，只是宛如幻影一般包被在外；這個征服被北約為棋盤上的一塊方格。

這時，馬可波羅說：「陛下，您的棋盤鑲了兩種木料：黑檀木和楓木。您領悟的目光所凝視的方格，是從在旱年生長的樹幹年輪上切下來的；您見到它的纖維是怎麼排列的嗎？這裡有一個幾乎看不見的節瘤：有一個芽苞試圖在一個旱臨的春日發芽，但是夜裡的霜寒阻止了它。」

直到那時，大汗都沒有發覺，這個外國人已經知道怎麼用他的語言流利地自我表達，但是使他震驚的並不是語言的流利。

「這裡有一個較深的細孔：也許那曾是一隻幼蟲的巢穴；這不是一隻蛀蟲，因為若是蛀蟲，一長大就會開始啃了，所以牠應該是啃噬樹葉的一隻毛毛蟲，那也正是這棵樹被選定砍伐的原因……這個邊緣曾被木雕師用他的半圓鑿刻挖過，才能和旁邊比較突出的方格合攏……。」

從一小塊平滑且空乏的木塊，能讀出那麼多事情，令忽必烈興起難以抗拒的感動；馬可波羅已經開始談黑檀木森林，談論載滿圓木的木伐順流而下，談論船塢，談論窗邊的女人……。

Le città invisibili

Italo Calvino

9

大汗有一本地圖集，帝國和鄰近地區的所有城市，包括一棟棟的建築、一條條的街道，還有城牆、河流、橋梁、港口和懸崖，都畫在裡頭。他曉得，不能期待從馬可波羅的故事裡，聽到這些地方的新鮮事，他自己對這些地方已經瞭若指掌：在中國的首都——大都，三個方形的城池怎麼樣一個個圈套起來，每座城池都有四座寺廟與城門，依照季節的遞移而開放；爪哇島上，憤怒的犀牛，怎麼樣以牠足以致命的尖角向前突擊；在馬拉巴海岸之外，怎麼樣採集海床上的珍珠。

忽必烈問馬可波羅：「你回到西方以後，會對你的同胞講述你告訴我的故事嗎？」

「我不斷地訴說，」馬可波羅說：「但是，聽眾只會聽到他所期待的話語。您以慈悲耳聞關於世界的描述是一回事；我回鄉之日，會在家宅外頭街上的碼頭裝卸工和平底船夫間流傳的描述，又是另一回事；如果我在晚年被熱那亞海盜俘虜，和冒險故事的作家關在同一間牢房裡，那時候的敘述又是另一回事了。主控了故事的不是聲音，而是耳朵。」

「有時候，我覺得你的聲音是從遙遠的地方向我逼近，而我是俗麗且難以居留的現前的一名囚徒，這時，一切形式的人類社會，都已經到達其循環的極致，再也無法想像社會可以有什麼新鮮的形式。而我從你的聲音裡，聽到了使城市存活的看不見的理由，也許，透過這些理由，已經死去的城市，將會復活。」

大汗擁有一本地圖集，上頭畫了整個地上的世界，一個大陸接一個大陸，有最遙遠國度的疆界、海上航路、海岸線、最顯赫的都會，以及最富饒的港口的地圖。他在馬可波羅的眼前翻動這些地圖，檢驗他的學識。旅人認出了君士坦丁堡，這座城市面臨三邊海岸，分別支配了一個狹長的海峽、一個狹窄的海灣，以及一個封閉的內海；他記得，耶路撒冷位居兩座高度不同、彼此相對的山丘之間；他毫不遲疑地指出了撒馬爾罕和它的花園。

對於其他城市，他則依靠口耳相傳的描述，或者依循極少的指引來猜測：這樣子，他認出了格拉納達——回教君王的條紋珍珠；呂貝克——整潔的北方港口；廷巴克圖——因烏木而發黑，因象牙而泛白；巴黎——幾百萬人每天回家時、手上都抓著一條長麵包。在彩繪的縮圖上，地圖描繪了奇形怪狀的居住地：隱藏在重重疊疊的沙漠裡的綠洲，只有棕櫚樹葉露出來，那一定是涅夫塔了；流砂之間矗立著一座城堡，牛群在為潮水所鹽化的草地上放牧，那只可能是聖米歇爾山了；一座不是位居城牆之內，反而是在自己的牆中包容了一座城市的宮殿，那只會是烏爾比諾。

這本地圖集，描繪了馬可波羅和地理學家都不知道其存在，也不知位居何處的城市，然而，在可能存在的城市形式之列，它們一定會有一席之地：建基在放射狀且區分為許多部分的計畫之上的庫斯科：反映了其貿易的完美秩序；青翠的墨西哥，位居蒙特祖馬的宮殿所君臨的湖邊；有著球莖狀圓頂的諾夫哥羅；白色的屋頂凌越塵世的雲霧之頂的拉薩。對這些城市，馬可波羅也說出了名字，不管那是什麼，而且指出了到這些城市的路。眾所皆知，地方的名字像外國語言一樣繁複多變；每個地方都可以經由其他地方到達，經過最多樣的道路與路徑，或騎馬、或駕車、或船渡、或飛翔。

「我認為你在地圖上指認城市，比起你親身到訪，還更能夠認清這些城市。」皇帝這樣對馬可波羅說，並且猛然闔上了地圖集。

馬可波羅回答：「透過旅行，你了解到其間的差異消失了：每座城市都像其他所有城市，各個地方交換著它們的樣式、次序與距離：像是一團無形無狀的塵霧侵入了大陸。您的地圖原封不動地保存了差異：形形色色的各種性質，宛若名字中的字母一樣。」

大汗擁有一本地圖集，收集了一切城市的地圖：有城牆建立在穩固基礎上的城市，有傾頹毀壞、為沙吞沒的城市，有那些有朝一日會存在，但是現在只見野兔洞穴的城市。

馬可波羅翻過地圖的冊頁：他認出了耶律哥、烏爾、迦太基，他指出斯堪滿德河口的登陸地點，希臘人的船在那裡等待了十年：才將圍城者帶回船上，那時，尤利西斯所釘的木馬，被絞盤拖過了史卡安城門。但是在講到特洛伊時，他卻賦予這座城市君士坦丁堡的樣貌，並且預見了穆罕默德長達數月的圍城，直到他像尤利西斯一般狡猾，令船隊在夜裡從博斯普魯斯海峽溯流而上，直抵黃金角，沿著培拉利加拉塔的邊緣前進。在這兩座城市的混合體中，出現了第三座城市，可以稱之為舊金山，它以一座長直、輕巧的橋梁跨越了金門與海灣，開放式的電車爬上陡峭的街道，一千年後，它可能成為太平洋的首都，經歷了三百年的圍攻，使得黃種人、黑人和紅人，和殘存的白人子孫混同一起，成就一個比大汗的國土還要廣闊的帝國。

這本地圖集有以下的特質：它顯示了那些還沒有形式與名字的城市的模樣。有一座阿姆斯特丹形狀的城市，是面對北方的半圓形，有同心圓狀的運河——君王的、皇帝的、貴族的運河；有一座約克形狀的城市，在高高的曠野上聳立著高塔；有一座城市，其形狀像是新阿姆斯特丹，又稱為紐約，在兩河所夾的長方形島上，簇擁著玻璃與鋼鐵的高樓，街道有如深水的運河，除了百老匯大道外，都又長又直。

形式的目錄沒有止境：在每種樣式都找到相應的城市之前，新城市會繼續誕生。當形式窮盡了變化，各自分開，城市的終結便開始了。地圖集的最後一頁，沒有起始，也沒有終端的網絡流瀉而出，有洛杉磯形狀的城市，京都——大阪形狀的城市，無形無狀的城市。

城市與死亡之五

像勞多米亞（Laudomia）一樣，每座城市旁邊，都附帶有另外一座城市，兩座城市中的居民，有著相同的名字：那是死人的勞多米亞，是墓地。但是，勞多米亞的特別天賦，乃是它不只是雙重的，而且是三重的城市；簡言之，它包含了第三個勞多米亞：尚未誕生的人的城市。

雙重城市的性質，大家都很清楚了。勞多米亞的活人越是擁擠擴張，城牆外的墓地也隨之蔓延。死人的勞多米亞，街道寬闊，足以讓掘墓人的馬車通過，兩旁有許多沒有窗戶的建築，面向著街道；街道的模式和建築物的配置，和活人的勞多米亞一樣，而且在兩座城市裡，家家戶戶都越來越擁擠，住在上下堆擠在一起的小房間裡。宜人的午後，活人到死者的地盤拜訪，在他們的石碑上辨識自己的名字：就像活人的城市一樣，這座另外之城，也訴說著辛勞、憤怒、幻想與情感；只有在這個地方，一切都成為不可或缺，遠離了機緣，然後被分類、安置進入秩序之列。為了確實地肯定自己，活人的勞多米亞必須在死人的勞多米亞，找尋自身的解釋，即使是冒著在那裡找到了更多，或是更少的解釋的危險：找到多於一個勞多米亞的解釋，找到可能可以存在，但終究並未存在的許多不同城市的解釋，或者，找到的是不完全、有矛盾、令人失望的理由。

確確實實地，勞多米亞也編派了同樣廣大的地盤，給那些尚未出生的人。當然，由於未出生的人口假定是無限的，這個空間和人數不成比例，但是因為這個地區是空的，被一棟滿是壁龕、格間、凹槽的建築物所環繞，而且未出生的人可以假想為任何大小，像老鼠或蠶或螞蟻或螞蟻卵一般大，所以，沒有什麼可以阻止我們，想像他們站立或蹲伏在牆上突出的物體或托架上，在柱頭或柱腳上，排成一列或是散布各處，熱切地關心他們未來的生活。所以，你凝視一條大理石的紋路，可以發現此後一百年或一千年，勞多米亞的所有人口，重重疊疊擠在一起，穿戴著從未見過的衣服，例如，都穿著茄色的巴拉坎（barracan），或者在他們的無邊帽上，插著火雞毛，而且你可以從中認出你自己的子孫，以及其他或友善或敵對、或負債或有債權的家庭的子孫，繼續著他們的事情，從事報復、為了愛情或金錢而結婚。勞多米亞的活人經常往訪未誕生者的家，去詢問他們：腳步在中空的圓頂下迴響；問題在靜默中提出；而且活人總是問有關自身的問題，無關即將誕生的人。有一個人關心的是在身後留下顯赫的聲名，另一個人則希望他的恥辱被遺忘；每個人都想要依循他們自己的行動後果的線索；但是，他們越是擦亮眼睛，越無法辨認出一條連續的線；勞多米亞的未來居民，看起來像是點點塵埃，和先前與往後都沒有任何關聯。

未出生者的勞多米亞，和死人的城市不一樣，並不傳達任何安全感給勞多米亞的活人居民；只有警訊。最後，拜訪者的思維發現面前開啟了兩條路，沒有指示說明，哪一條蘊藏了比較多的苦悶：要嘛，你必須假想未出生者的數目遠多於所有活人和死人的總合，而且在每個石頭細孔裡，都有成群的人，像站在體育場的看臺一般，簇擁在漏斗狀通道的邊緣，而且因為每一代勞多米亞的子孫，人數都成倍增加，每個漏斗狀通道裡都包含了幾百個其他的漏斗通道，其中各有幾百萬個等待出生的人，用力伸出他們的頸子，張大嘴巴，以免窒息。或者，你可以假想，勞多米亞在不曉得什麼時候，將會和它的所有市民一起消失；換句話說，一代代的居民會不斷更替，直到他們到達某個定數，然後不再繼續。所以，死人的勞多米亞和未出生者的勞多米亞，就像是不曾翻轉的沙漏的兩端；每次的生死交替，就是穿越沙漏頸部的一粒沙，而且，將會有勞多米亞的最後一位居民出生，最後的一粒沙將會落下，而它目前還在沙堆的頂端，等待著。

城市與天空之四

天文學家被召喚來為培林希亞（Perinthia）的基礎制定規則，他們根據星辰的位置安排地方與一天；他們劃出切分和軸節的交錯線，第一條線朝向太陽的路徑，其他則仿照天體運行的軸線。他們根據黃道十二宮來分割地圖，以便每座神殿與鄰里，都能夠接受最吉利的星座的適當影響，他們在城牆上定出開啟城門的地點，預見未來的一千年裡，每座城門能夠框住月蝕。他們保證，培林希亞將會反映天空的和諧；自然的道理和天神的慈愛，將會塑造居民的命運。

遵照了天文學家的精確計算，培林希亞建造起來；各式各樣的人來到此地定居；第一代在培林希亞出生的人，開始在城牆裡長大；這些市民終於成長到結婚生子的年紀了。

今日，在培林希亞的街道和廣場上，你會遇見跛子、侏儒、駝背、肥胖的男人、長鬍鬚的女人。但是，你看不到境遇最悲慘的人；發自咽喉的哭號，從地窖或閣樓裡傳出來，各個家庭把三個頭或六隻腳的小孩藏在那裡。

培林希亞的天文學家，面臨了困難的抉擇。他們必須承認他們的計算完全錯誤，他們的圖形無法描繪天象，或者，他們必須揭露，天神的秩序已經絲毫不差地反映在這座怪物之城裡。

連綿的城市之三

每年的旅程裡，我都會在普洛柯比亞（Procopia）停留，住在同一間旅舍的同一個房間裡。從第一次起，我都會拉起窗帘，流連地凝視著外頭的風景：一條水溝、一座橋、一堵小牆、一棵枸杞子、一畝玉米田、一叢結了黑莓的懸鉤子、一座養雞場、山陵的黃色圓丘、一朵白雲，以及像梯形一般伸展的藍天。第一次，我確定看不到任何人；第二年，我才在一陣樹葉的窸動中，辨認出一個又圓又平的臉，啃著玉米穗。再過一年，有三個人在牆上，當我過一年回來，見到了六個，坐成一排，手放在膝上，盤中有一些枸杞子。每一年，我一進入房間，就拉起窗帘，數著更多的臉：十六個，包括那些在溝裡的；廿九個，其中八個坐在枸杞樹上；四十七個，那些在雞舍裡的除外。他們看起來很相像，他們似乎很有禮貌，臉頰上長了雀斑，帶著微笑，有些人嘴唇沾上了黑莓。很快地，我見到整座橋都擠滿了圓臉人，推擠成一團，因為他們沒有多餘的地方可以挪動了；他們大聲嚼著玉米粒，然後啃玉米穗。

就這樣，年復一年，我看到水溝消失了，枸杞樹、黑莓叢，都被一堵圓臉的冷靜微笑所遮蔽，他們四處移動，嚼著樹葉。你無法想像，在像一小塊玉米田那樣有限的空間裡，能夠容納多少人，尤其是他們都抱膝坐著，一動也不動。他們一定比看起來還多很多：我見到山丘頂被越來越多的人群遮蓋了；但是現在橋上的人已經習於跨坐在別人的肩上，我的目光再也不能穿越到那麼遠了。

最後，今年我拉起窗帘時，窗框裡所見只是臉：從這一角到那一角，不論高低與遠近，看見的都是那些圓的、不動且完全扁平的臉，帶了一絲微笑，而且在他們中間，伸出許多手，抓住了那些站在前面的人的肩膀。甚至天空也消失了。我最好也離開窗戶。

我要移動很不容易。有廿六個我，住在房間裡：為了移動我的腳，我必須打擾那些蹲在地板上的人，我推擠穿過那些坐在屜櫃上的人的膝蓋，以及那些輪流倚在床上的人的手肘：幸好，他們都是很和善的人。

隱匿的城市之二

在瑞薩（Raissa），生活並不快樂。人們走在街上，絞扭著雙手，咒罵哭泣的小孩，倚靠在臨河的欄杆上，並且對著他們的寺廟緊握拳頭。早晨你從一個惡夢中醒來，另一個惡夢又開始了。在工作檯上，你每次都用鐵鍾敲到手指，或是被針刺傷，或者，在商人和銀行家的總帳裡，各欄的數字都不對，在酒館的鋅皮櫃臺上，面對著一排空杯子，而那些低垂的頭，至少隱藏了一般人的猙獰目光。屋子裡頭更糟，你不必進去就可以知道：夏天裡，窗戶裡充滿了爭吵與盤子碎裂的聲響。

但是，在瑞薩總是會有個小孩在窗戶裡，因為看著一隻狗而發笑，那隻狗為了吃到石匠掉下來的一片大麥粥，跳上了棚子，石匠則站在鷹架上，對著在廊下端著一盤蔬菜燉肉的年輕女侍，喊道：「親愛的，讓我好好吃上一口！」而女侍很快活地將菜端給正在慶祝一樁成功買賣的製傘人，因為一位尊貴的女仕買了把白色蕾絲陽傘，要在比賽場上炫示，她和一位軍官陷入戀情，軍官在最後一躍時，對著她微笑，真是個快樂的男人，但是他的馬更快樂，因為在跳躍障礙時，牠看見了一隻飛翔空中的鷓鴣，這隻快樂的鳥被畫家由籠中放了出來，畫家因為一筆一筆地畫著這隻鳥而快活，在書頁的裝飾處上灑落了紅色、黃色的顏料，在那一頁書上，哲學家說：「在悲傷之城瑞薩，也有一條看不見的線，將一個人同另一個人綁在一起一會兒，然後解開，然後又再次在移動的各點間伸展，畫出了新穎又迅速的樣式，因此，在每個時刻裡，這座不快樂的城市，都包含了一座沒有察覺到本身存在的快樂城市。」

城市與天空之五

安德里亞（Andria）建造地十分巧妙，每條街道都遵循著一顆行星的軌道，建築物和社區生活的所在，複製了星座的秩序與最明亮的星辰的位置：安達利斯、阿弗瑞茲、魔羯座、仙王座。城市的曆法安排，使工作、公務和儀式都在一張圖上與當日的天象相符應：因此，大地的白晝與天空的夜晚相互映照。

雖然是經過苦心的組織，城市的生活就像天體運行一般平靜地流轉，並且要求這種現象的必然性，不會屈服於人類的善變。在讚美安德里亞市民具有生產力的勤勉奮發，以及精神上的從容不迫時，我不由自主地說：我很可以理解你們自認是不變的天空的一部分，是精巧的時鐘裡的齒輪，所以你們謹慎小心，不對你們的城市和習慣做任何改變。安德里亞是我所知道的城市裡，唯一最好是在時間中保持不動的地方。

他們驚愕地互相對看。「為什麼呢？是誰這樣子說？」他們帶我去參觀一條新近開闢，懸在竹叢之上的街道，一座在原來的城市養狗場所在地，正建造中的影子戲院，而狗舍則移置到先前的痲瘋病院，這座病院在最後一位瘟疫病患痊癒後，就被廢除了，還有——剛剛落成的——一座河港、一尊臺利斯的塑像，一條平底雪橇滑行道。

「這些創新不會干擾你們城市的星象韻律嗎？」我這麼問。

「我們的城市和天空的對應十分完美。」他們回答：「安德里亞的任何變化，都牽涉了星宿之間的某種變化。」在每次安德里亞有所變化之後，天文學家就瞧瞧他們的望遠鏡，然後報告一顆新星的爆炸，或是天象上的某個遙遠地點，由橘色變為黃色，某個星雲擴張了，銀河的某個漩渦星雲彎曲了。每個變化，都蘊涵了安德里亞和星宿的一系列其他變化：城市與天空永遠不會是一個樣子。

關於安德里亞居民的性格，有兩項優點值得一提：自信和審慎。他們相信城市裡的每樣創新，都會影響天空的樣子，所以，在做任何決定之前，他們都會計算他們自己、這座城市，以及全世界的利害。

連綿的城市之四

你責備我，因為我的故事每次都直接帶你進入城市的心臟，沒有告訴你城市之間延展的空間是什麼樣子，它是否被海洋或黑麥田、落葉松林、沼澤所覆蓋。我用一個故事來回答。

在著名的西西利亞（Cecilia）城的街道上，我曾經遇到一個牧山羊人，沿著城牆趕著一群玎璫作響的山羊。

「天所寵愛的人啊，」他停下來問我：「你能不能告訴我，我們所在的這座城市叫什麼名字？」

「願眾神與你相隨！」我驚呼。「你怎麼會認不出來有名的西西利亞城呢？」

「請寬容我。」那個人回答。「我是個流浪的牧者。有時候，我的山羊和我必須穿越城市；但是我們很難辨認它們。問我放牧地的名字，我全都曉得：峭壁間的大草地、綠坡、蔽蔭草原。對我而言，城市沒有名字：它們是沒有樹葉的地方，隔開了牧草地，山羊在那裡的街角會因為驚嚇而四散。狗和我要來回奔跑，才能使牠們聚在一起。」

「我和你正好相反。」我說。「我只能辨認城市，沒辦法區別城外的事物。在無人居住的地方，在我看來，每塊石頭和每塊草地，都和其他石頭與草地混淆在一起。」

在那之後，經過了好幾年；我認識了更多城市，我也穿越了大陸。有一天，我正在一排排相同的房子中間行走；我迷失了。我問一個過路人：「願神保佑你，你能告訴我，我們在哪裡嗎？」

「在西西利亞，真是不幸！」他回答。「我們，我的羊和我，已經在街道之間流浪了一整個世代，我們找不到出去的路……。」

雖然留了長長的白鬍子，我還是認出他來；是很久以前的那個牧者。他身後跟著幾隻骯髒的山羊，甚至不會發出臭味了，牠們瘦得只剩下皮包骨。牠們在垃圾桶裡吃著廢紙。

「這怎麼可能！」我驚叫。「我也進入了一座城市，我不記得是什麼時候了，自那時候起，我不斷地深入它的街道。但是，我怎麼可能在一個距離西西利亞這麼遙遠的城市裡，到達了你所說的地方呢？我甚至還沒有離開這座城市哩。」

「每個地方都混在一塊了。」牧山羊人說。「到處都是西西利亞。這裡一定曾經是低鼠尾草牧地。我的山羊在安全島上，認出了這些草。」

隱匿的城市之三

一個女巫求卜馬洛吉亞（Marozia）的命運，她說：「我看見兩座城市：一座是老鼠之城，一座是燕子之城。」

神諭的解釋是這個樣子：今日的馬洛吉亞城，所有人都像成群的老鼠一般，在鉛製的通道上奔跑，互相從對方的牙齒間，撕咬著最貪婪的老鼠嘴上掉落的殘屑；但是，一個新世紀即將到來，馬洛吉亞的所有居民，將會像燕子一樣，在夏日的天空中飛翔，遊戲般地呼喚彼此的名字，他們雙翼靜止，俯衝而下，在清理滿布蚊蚋的天空時，相互誇耀炫示。

「老鼠的世紀就要結束，燕子的世紀就要降臨。」比較肯定的人這麼說。事實上，在猙獰且心胸狹窄的老鼠統治之下，你已經可以在比較不顯赫的人群中，感覺出為燕子般飛翔所做的準備，凝視著輕彈靈巧的尾翼，直上清澈的天空，然後以他們刀刃般的雙翼，劃過開闊地景的線條。

許多年後，我回到馬洛吉亞：有一陣子，女巫的預言被認定已經實現了；老舊的世紀已經死亡，被埋葬了，而新世紀正達頂峰。城市確實是改變了，而且也許是變好了。但是，我所見到的來來往往的雙翼，有著可疑的傘狀，底下低垂著沉重的眼瞼；有人相信他們正在飛翔，但是如果他們拍動像蝙蝠一樣的外衣，而且離開地面的話，這件事確實是已經實現。

如果你沿著馬洛吉亞的堅固城牆行走，在你最意想不到的時候，也有這樣的事發生：你會發現一個裂縫開啟，一個不一樣的城市出現其間。然後，就在一瞬間，它又不見了。也許，一切事物都存在於知道該說什麼話，該做什麼動作，以及按照什麼秩序和韻律；要不然，某個人的眼神、回答或姿勢就足夠了；某個人僅僅是為了做某件事好玩而去做，而且僅僅是為了他的愉悅，會成為別人的愉悅，那就夠了：在那個時刻，所有的空間都變了，一切高度、距離都變了；這座城市變了形貌，成為水晶狀，像隻蜻蜓一般透明。但是，每件事情都要像偶然發生的一樣，不要賦予它太大的重要性，不要堅持你所做的是個決定性的步驟，要清楚記得，在任何時候，老的馬洛吉亞將會回來，復合它的石頭與蛛網的天花板，將所有的頭顱都包含其間。

神諭錯了嗎？也不盡然。我這麼解釋它：馬洛吉亞由兩座城市組成，老鼠之城與燕子之城；兩者都與時俱變，但是它們之間的關係卻不會變；後者是正要從前者解放出來的城市。

連綿的城市之五

要告訴你有關潘塞西利亞（Penthesilea）的事，我應該由描述城市的入口開始。毫無疑問，你會想像，當你慢慢走近城門，能看見在滿布塵土的平原上，漸漸昇起帶狀綿延的城牆，城門由稅關人員把守，他們已經用斜眼瞥著你的行李。在你到達之前，你都還在外頭；你走過拱形通道，發現自己已經身處城市之中；城市的景致濃密環繞著你；石頭上刻畫著圖案，如果你依循著那曲折的輪廓，就會發現那是什麼。

如果這是你所相信的，你就錯了：潘塞西利亞不一樣。你向前走了幾個小時，都搞不清楚自己是否已經在城市裡面，或者還是身處外頭。就像一個低矮的湖岸失落在沼澤之中的湖一樣，潘塞西利亞周圍延展好幾哩，是座像湯水一般稀釋在平原上的城市；蒼白的建築物背對背坐落在汙穢的原野上，位居厚木板籬笆和波狀鐵皮小屋之間。在街道邊緣，時時可以見到一群有著淺平的立面，很高或很低的建築物，像殘缺不全的梳子，似乎顯示城市的織理此後將會較為濃密。但是，繼續往下走，你卻發現其他曖昧的空間，然後是鏽蝕的工廠和倉庫的城郊、墓地、有摩天輪的嘉年華會、屠宰場；你朝著一條有簡陋商店的街道走下去，會漸漸隱沒在一塊塊痲瘋病般的鱗片狀鄉野裡。

如果你問你遇到的人：「潘塞西利亞在哪裡？」他們會做一個大而籠統的手勢，可能意味著「這裡。」或是「再往前走。」或是「你身邊都是。」甚至是「在相反的方向。」

「我的意思是這座城市在哪裡。」你堅持再問一次。

「我們每天從這裡出發去工作。」有些人這樣回答，而其他人則說：「我們在晚上回到這裡睡覺。」

「但是人們生活所在的城市呢？」你問。

「那一定是在那個方向。」他們說，有些人舉起手臂，斜斜指著地平線上一叢昏暗的多面形體，但是，其他人卻指著你身後另外一些尖塔的陰影。

「那麼，我是走過頭了，卻沒有發現它？」

「不，你試著再往前直走。」

於是你繼續走，經過了一個個的郊外，要離開潘塞西利亞的時候到了。你探問出城的路；你再次經過一連串四散的郊區，就像長滿雀斑的皮膚一樣；夜幕下降；窗戶紛紛亮起，這個地方比較密集些，那個地方比較稀疏些。

你已經放棄去了解，在這些破爛環境的某個囊包或皺紋底下，是否隱藏了一個訪客可以辨識與記憶的潘塞西利亞，或者，潘塞西利亞是否就是這些郊外。現在，啃噬著你的心靈的問題，更令人痛苦：在潘塞西利亞之外，是否真有一個外面存在？或者，無論你從這個城市出發走了多遠，你只是從一個地獄邊緣走向另一個邊緣，永遠無法離開？

隱匿的城市之四

在西朵拉（Theodora）幾個世紀的歷史裡，一再發生的入侵，折磨著這座城市，剛擊敗一個敵人，另一個敵人已經壯大，威脅到居民的生存。當天空不見大兀鷹的蹤影後，他們必須面對蛇類的繁殖；蜘蛛消滅了，卻使得蒼蠅增生到黑壓壓的一群；戰勝了白蟻，卻讓城市落入蛀木蟲口中。一個接一個，不能和城市共存的物種，都必須屈服，然後消滅。由於剝除了鱗片和甲殼，撕去了翅鞘和羽毛，人們給西朵拉一個獨特的人類城市的意象，至今使它與眾不同。

但是，長久以來，最初都無法確定，是否能夠戰勝最後留下來與人類盤據的城市相對抗的物種：老鼠。在每一代人類消滅的齧齒類動物之後，少數的殘餘者生下更為堅強的後代，不受陷阱傷害，能抵抗一切毒藥。在短短幾個星期裡，西朵拉的陰溝又住滿了成群結隊的老鼠。最後，在一場大屠殺裡，人類凶殘且多才多藝的發明才能，擊潰了敵人過分自負的生命力。

這座城市，是動物王國的大墳場，在埋藏了他們的最後一隻跳蚤和細菌的屍體後，成為封閉的、無菌的城市。人類最後重建了他自己推翻的世界秩序：沒有其他活著的物種存在，致生任何懷疑。為了要記得什麼是動物，西朵拉的圖書館，會在架上擺著巴芬（Buffon）和林奈（Linnaeus）的書。

至少，這是西朵拉的居民所相信的，他們絕對沒有想到一整個動物系已經從昏睡狀態被吵醒。自從被不死的物種體系罷黜後，它被放逐到遙遠的隱身處所，長達好幾個世代，現在，這種異類動物從圖書館存放一五〇一年以前書籍的地下室，回到了光亮之中；它從柱頭和排水管上跳下來，棲息在睡著的人床邊。獅身人面怪、半獅半鷹怪、獅頭羊身蛇尾怪、噴火龍、女面女身鳥翼怪、九頭海蛇、獨角獸、蛇蜥怪物，重新佔據了牠們的城市。

隱匿的城市之五

我不應該告訴你不義之城貝瑞尼斯（Berenice）的事，它以三條豎線花紋飾、圓柱頂板和方形牆面，來裝飾它的絞肉機（被指派擦亮器物的人，當他們抬起下巴，橫在欄杆上，注視著中庭、樓梯和柱廊時，更加感覺受到禁錮，而且缺乏才能）。我反而要告訴你，潛隱的正義之城貝瑞尼斯的事，它在店鋪後面和樓梯底下的陰暗房間裡，擺弄著克難的代用品，連結著管線、滑輪、活塞和平衡錘的網絡，橡株在巨大齒輪之間，向上攀爬的植物（當齒輪卡住時，一個低沉的滴答聲，警告有一個新的精密機制正在統治城市）。我不向你描述浴室裡加了香水的水池，貝瑞尼斯的不義之人，在這裡斜躺著，以誇張的修辭舞動著他們的陰謀，而且以擁有者的眼光，觀察洗浴女奴的豐滿身軀，我應該告訴你，正義之士如何謹慎地躲避阿諛者的偵探，以及禁衛軍的大搜捕，以說話的方式，特別是他們使用逗點與括弧的方式，相互辨認；從他們依然樸實單純，避免複雜緊張的心情的習慣認出來；從他們清簡但美味的飲食辨認出來，這種烹調讓人憶起古老的黃金時代：米飯和芹菜湯、煮豆子、炸南瓜花。

從這些資料，可以推論出貝瑞尼斯的未來景象，這會使你更接近實情，比今日所見城市的一切其他相關資訊還要接近。但是，你還是要將我就要告訴你的話，銘記在心中：在公義之城的種籽中，也藏了一顆有害的種籽：對於身處正義一方的肯定與自豪——認為自己比起許多自稱比正義本身還要正義的人，還要具備正義。這顆種籽在悲苦、敵對、憤恨之中發芽；而且報復不公不義的自然欲望，沾染了想佔有不義者的位置，並且像他們那樣子行動的渴望。另一個不義的城市，雖然和前一個不一樣，在不義和正義的貝瑞尼斯的雙重鞘葉裡，正挖掘著自己的空間。

說了這些，我並不希望你的眼睛看到一個扭曲的影像，所以，我必須轉移你的注意力，關注從祕密的正義之城內部，祕密地成長的不義之城的一個內在性質：這是一種可能的覺醒——就像是滿懷興奮地打開窗子一般——對正義的遲來之愛的覺醒，它還沒有屈服於統治，可以重組一個比起成為不義的容器之前的正義城市，還更具正義的城市。但是，如果你深入細究這個新的正義胚芽，你可以辨識出一個微小的點，正在以增加的趨勢擴散，它藉由不義來安置正義，而且它或許是一個巨大都會的胚芽。

從我的話裡，你可以得到這樣的結論：真實的貝瑞尼斯，是不同城市在時序上的承繼，正義與不義交替輪流。但是，我要警告你的是另外一件事情：一切未來的貝瑞尼斯，都已經在此刻出現，一層層包裹在一起，拘限、填塞在一起，無法脫身。

大汗的地圖集，也收有那些在思維中曾被拜訪，卻尚未被發現或創建的許諾之地的地圖：新亞特蘭提斯、烏托邦、太陽城、大洋國、塔莫、新和諧邦、新蘭納克、艾卡利亞。

忽必烈問馬可波羅：「你四處探險，看過許多跡象，可以告訴我，順風正帶領我們到這其中的哪一個未來。」

「我無法在地圖上畫出這些港口的路線，也不能定下登陸的日期。有時候，我所需要的只是簡單的一瞥，不協調景象中的一處開口，霧中閃現的一抹光亮，人群中相遇的兩位過路客的對話，而且我認為，從那裡開始，我將可以一片一片地拼湊出完美的城市，它由互相混雜的碎片造成：由被間斷隔開的片刻組成，由某個人發出，不知由什麼人接收的信號組成。如果我告訴您，我的旅途所朝向的城市，在時空中並不連續，一忽兒四散各處，一忽兒又比較凝聚，您一定不相信，對它的追尋會有終止的一天。也許正當我們談話的時候，它正在您的帝國疆界內興起、四散；您可以獵捕它，但是只能以我所說的方式進行。」

大汗已經在翻閱他的地圖集，觀覽在夢魔和詛咒裡威脅人的城市的地圖：安諾克、巴比倫、雅呼蘭、布托、美麗新世界。

他說：「如果最後的著陸地點只能是地獄，一切都是徒勞無用，而且，當前的潮流，正是以越來越窄小的旋繞，推動我們走向那裡。」

馬可波羅說：「生靈的地獄，不是一個即將來臨的地方；如果真有一個地獄，它已經在這兒存在了，那是我們每天生活其間的地獄，是我們聚在一起而形成的地獄。有兩種方法可以逃離，不再受苦痛折磨。對大多數人而言，第一種方法比較容易：接受地獄，成為它的一部分，直到你再也看不到它。第二種方法比較危險，而且需要時時戒慎憂慮：在地獄裡頭，尋找並學習辨認什麼人，以及什麼東西不是地獄，然後，讓它們繼續存活，給它們空間。」

看不見的城市

大師名作坊 926

作　者—伊塔羅・卡爾維諾
譯　者—王志弘
編　輯—張瑋庭
美術設計—廖韡
內頁排版—芯澤有限公司
總 編 輯—嘉世強
董 事 長—趙政岷
出 版 者—時報文化出版企業股份有限公司
108019臺北市和平西路三段二四〇號三樓
發行專線—（〇二）二三〇六—六八四二
讀者服務專線—〇八〇〇—二三一—七〇五
（〇二）二三〇四—七一〇三
讀者服務傳真—（〇二）二三〇四—六八五八
郵撥—一九三四四七二四時報文化出版公司
信箱—10899臺北華江橋郵局第99信箱
時報悅讀網—http://www.readingtimes.com.tw
電子郵件信箱—liter@ readingtimes.com.tw
法律顧問—理律法律事務所　陳長文律師、李念祖律師
印　刷—勁達印刷有限公司
初版一刷—一九九三年十一月十五日
二版一刷—二〇二三年十二月二十二日
定　價—新臺幣三六〇元
（缺頁或破損的書，請寄回更換）

時報文化出版公司成立於一九七五年，
並於一九九九年股票上櫃公開發行，於二〇〇八年脫離中時集團非屬旺中，
以「尊重智慧與創意的文化事業」為信念。

看不見的城市 / 伊塔羅・卡爾維諾(Italo Calvino)著 ; 王志弘譯 .
– 二版 . – 臺北市 : 時報文化, 2023.12
面; 公分 . – (大師名作坊;926)
譯自 : Le città invisibili
ISBN 978-626-374-647-3

877.57　　112019430

ISBN 978-626-374-647-3
Printed in Taiwan